# 이토록 친절한 문학 교과서 작품 읽기

한시·가사 편

# 이토록 친절한
# 문학 교과서 작품 읽기

**한시·가사 편**

하태준 지음

디엔
에듀

차례

제1장 한시

# 제2장 가사

한글 창제 이전까지 우리 민족의 문학은 대부분 한문으로 기록되었습니다. 이렇게 한자로 창작된 한시는 엄격한 형식을 지켜야 했기 때문에 지식인 계층의 전유물이었습니다.

한시의 형식은 글자의 수, 압운押韻(시행의 일정한 자리에 같은 운을 규칙적으로 다는 일) 등에 따라 구분됩니다. 각 구절에 따른 글자 수는 4언言이나 6언도 있지만 5언과 7언이 가장 많습니다. 구절(행行)의 숫자에 따라 4구는 절구絶句, 그 두 배인 8구는 율시律詩라고 합니다. 예를 들어 각 구의 글자 수가 5자에 4행로 이루어지면 5언 절구, 각 구의 글자 수가 7자에 8행로 이루어졌다면 7언 율시가 됩니다. 운자韻字는 문장의 끝에 오는 경우가 많습니다.

우리나라의 오래된 시가 작품은 대부분 한시 형태로 전해집니다. '공무도하가'나 '황조가', '구지가' 등의 작품은 구전되다가 한시로 번역된 것이며, 우리나라 최초의 창작 한시는 고구려 을지문덕의 '여수장우중문시'입니다.

제1장

# 한시

여 수 장 우 중 문 시

적군의 장수에게 보내는 편지

을지문덕

충무로, 세종로, 을지로…… 서울 도심 중요한 거리의 이름들입니다. 혹시 뭔가 떠오르는 것이 있나요? 맞습니다. 충무공 이순신, 세종대왕, 을지문덕 이렇게 우리 역사 속 위인들의 이름을 빌린 거리 명들이지요. 그중 을지문덕 장군이 쓴 한시를 함께 읽어 봅시다.

고구려의 을지문덕 장군은 살수대첩을 승리로 이끈 장본인으로 알려져 있습니다. 고구려 평양성을 공격해 온 수나라 별동대 30만 명 중 살아 돌아간 사람이 2,700여 명밖에 되지 않았다는 전설의 전투지요. 을지문덕은 압도적으로 많은 수의 수나라 군대를 힘만으로는 무찌를 수 없다고 생각했습니다. 그래서 적은 병력으로도 큰 승리를 거둘 수 있는 전술을 발휘했습니다.

그대의 신기한 책략은 하늘의 이치를 다했고

당시 수나라 군대는 지금의 북경(베이징) 지방에서부터 출정하여 고구려까지 온 터라 식량이 많이 부족한 상태였고, 군사들의 사기 또한 떨어져 있었습니다. 고구려의 성들이 난공불락이었기 때문에 큰 성과를 거두지도 못했지요. 이때 을지문덕은 죽음을 무릅쓴 용기로 사신의 임무를 가지고 적진에 방문했습니다.

수나라 군대의 상황을 파악한 을지문덕은 아군으로 돌아와서 작전을 펼치기 시작했습니다. 적군의 장수가 자만에 빠지게 하면서도 적군을 더욱 지치게 만들기 위해 소규모의 군대를 꾸려 하루에도 여러 번 전투를 한 뒤 적군이 거짓 승리를 하게 만들었지요.

을지문덕의 꾀에 넘어간 수나라 군대는 우중문의 지휘 아래 고구려의 깊숙한 곳까지 들어오게 되었습니다. 고구려 병사들은 마을 사람들을 미리 대피시키고 음식을 모두 감춰 놓고는 수나라 군사들이 쳐들어오는 것을 멀리서 지켜보았습니다.

오묘한 계획은 땅의 이치를 다했노라.

012
013

고구려 군대는 여러 번의 전투에서 상대편을 패배로 이끈 명망 높은 옹성을 지나 성문 안으로 대피합니다. 고구려는 성문 앞에 옹성이라는 둥근 항아리 모양의 성을 따로 쌓았습니다. 따라서 고구려의 성을 공략하기 위해서는 옹성을 꼭 거쳐야 했지요. 성문을 공격하기 위해 적군이 옹성 안으로 들어오면 고구려 군사들이 그 위에서 공격을 퍼부었기 때문에 적군은 함부로 고구려의 성문을 공격할 수 없었습니다.

전쟁에 이겨서 그 공이 이미 높으니

우중문과 수나라 병사들이 텅 빈 마을을 보고 당황합니다. 고구려의 청야 전술淸野戰術에 말려든 것입니다. 청야 전술은 마을 사람들을 모두 대피시키고 식량도 전부 감춘 다음 우물에는 독을 타서 물도 마시지 못하게 하는 작전입니다. 수나라 군대는 마을을 점령했지만 마을에는 사람과 가축은 물론, 곡식 한 톨 남아 있지 않았습니다.

만족함을 알고 그만두기를 바라노라.

을지문덕의 꾀에 넘어간 수나라 군대는 텅 빈 마을을 지나 고구려의 수도인 장안성 가까이까지 오게 됩니다. 이때 을지문덕이 수나라의 장군 우중문에게 시를 한 수 지어 보냅니다. 겉으로는 우중문의 능력을 높이 사고 칭찬하는 것처럼 보이지만 사실은 을지문덕의 꾀에 넘어온 우중문을 반어법을 이용해 야유하고 조롱하고 있습니다. 고구려의 수도 가까이 들어와 기세가 등등할지 모르지만 사실상 포위된 것이나 마찬가지라는 뜻을 전해 주려고 한 것입니다.

편지를 받고 나서야 수나라 군대는 고구려의 숨겨진 전략을 깨닫고 황급히 퇴각을 결정합니다. 을지문덕은 도망가는 수나라 군대를 추격하여 살수로 유도합니다. 살수에 다다른 수나라 군대는 물이 얕은 것을 보고 걸어서 강을 건너려고 강물로 들어갔지요. 사실 강이 얕은 것이 아니라 고구려 군사들이 상류에 둑을 쌓아 물이 흐르지 못하게 막고 있었습니다. 고구려 군대가 둑을 풀어 버리자 강을 건너려 했던 수나라 군사들 대부분이 물에 빠져 죽었고 고구려는 대승을 거두었습니다.

이것이 그 유명한 살수대첩입니다. 살수는 현재 평안북도에서 시작하여 평안남도를 거쳐 황해로 흘러 들어가는 청천강입니다.

역사학자 신채호는 독립 운동 당시 을지문덕을 이순신, 최영 장군과 함께 영웅으로 꼽으며 우리 민족의 모범으로 삼기를 주장했습니다.

# 여수장우중문시 (與隋將于仲文詩)

을지문덕

그대의 신기한 책략은 하늘의 이치를 다했고
오묘한 계획은 땅의 이치를 다했노라.
전쟁에 이겨서 그 공이 이미 높으니
만족함을 알고 그만두기를 바라노라.

## (원문)

神策究天文 ( 신책구천문 )

妙算窮地理 ( 묘산궁지리 )

戰勝功旣高 ( 전승공기고 )

知足願云止 ( 지족원운지 )

‘여수장우중문시’는 현전하는 가장 오래된 한시입니다. 『삼국사기』에 실려 있으며 살수대첩 당시 지었다고 기록되어 있습니다. 1구와 2구, 3구에서는 적장의 꾀와 승리를 예찬하고 있는 반면 4구에서는 항복과 퇴각을 권유합니다. 차분한 말투 속에 날카롭고 단단한 칼이 숨어 있는 셈입니다.

 **핵심 정리**

- 형식: 5언 고시
- 연대: 고구려 영양왕 23년(612년)
- 출전: 『삼국사기』
- 성격: 반어적, 풍자적 표현, 대구법 사용
- 주제: 수나라 장수 우중문을 조롱함
- 의의: 현존하는 가장 오래된 한시 작품

# 동명왕편

## 고구려를 세운 주몽의 영웅 신화

이규보

신비한 알에서 태어나 후에 고구려를 건국한 주몽 이야기를 모두 알고 있을 겁니다. 고려 시대의 문인 이규보는 나라가 대내외적으로 혼란스럽던 시기에 주몽의 일대기를 기록하여 우리 민족의 영웅적 행적을 알리고 애국심을 고취하려고 했습니다.

'동명왕편'은 『동국이상국집』 권3에 실려 있는 이규보가 쓴 영웅 서사시입니다. 본시는 5언의 배율을 따라 282구로 쓰여 1,410자에 이르며, 본시를 보충 설명하는 주까지 포함하면 총 4,000여 자에 이르는 긴 시입니다. 우리 고전에 영웅시나 서사시가 거의 없기 때문에 이규보의 '동명왕편'은 우리 문학사에서 독보적으로 중요한 작품입니다.

이규보가 쓴 주몽의 서사시를 읽으며 머릿속에 고구려의 건국 신화를 다시 한 번 되살려 봅시다.

(전략)

왕이 해모수의 왕비인 것을 알고

이내 별궁에 있게 했다.

해를 품고 주몽을 낳았으니

이 해가 계해년이었다.

골상이 참으로 기이하고

우는 소리 또한 우렁찼다.

동부여의 왕 금와는 하백의 딸인 유화가 해모수의 아내인 것을 알고는 유화 부인을 방에 가두었습니다. 하백은 강물의 신이고 해모수는 천제天帝의 아들입니다. 방에 갇힌 유화의 몸에 햇빛이 계속 비쳤고, 몸을 움직여도 햇빛이 따라다녔습니다. 그러다가 유화의 배가 점점 불러 오더니 어느 날 알을 낳았습니다.

처음에 되만 한 알을 낳으니
보는 사람들이 깜짝 놀랐다.
왕이 상서롭지 못하다,
'이것이 어찌 사람의 종류인가' 하고
마구간 속에 두었더니
여러 말들이 모두 밟지 않았고
깊은 산속에 버렸더니
온갖 짐승이 모두 옹위하였다.

유화가 낳은 알은 되만 한 크기였고, 왕이 알이 불길하다며 마구간에 버렸더니 말들이 알을 비켜 가며 조심했습니다. 다시 깊은 산에 버렸더니 산속에 사는 온갖 짐승들이 알을 보호했습니다.

동양 문학에서 해는 왕 또는 신성한 존재를 상징하므로 유화가 임신한 알은 천상에 있는 해모수의 핏줄일 것입니다. 알에서 태어난 아이는 생김새가 범상치 않았고 우는 소리가 다른 아이보다 무척 컸습니다. 이 아이가 바로 주몽입니다.

어미가 우선 받아서 기르니
한 달이 되면서 말하기 시작하였다.
스스로 말하되 파리가 눈을 빨아서
누워도 편안히 잘 수 없다 하였다.
어머니가 활과 화살을 만들어 주니
그 활이 빗나가는 법이 없었다.

주몽은 태어난 지 한 달 만에 말을 하기 시작했습니다. 어느 날 주몽이 유화에게 파리가 눈을 간지럽게 하여 잠을 잘 수가 없으니 활과 화살을 만들어 달라고 했습니다. 유화가 만들어 준 화살로 파리를 쏘아 맞추었는데 활 끝에 파리가 빗나가는 법이 없었습니다. 주몽이라는 이름도 활을 잘 쏘는 사람이라는 뜻입니다.

나이가 점점 많아짐에
재능도 날로 늘어가자
부여왕 태자들에게
시기하는 마음이 생겼다.


주몽이 자라 청년이 되었을 때 왕이 사냥 대회를 열었는데 여러 왕
자들이 잡은 것보다 주몽이 혼자 잡은 것이 더 많았습니다. 왕자들
이 그 재주를 시기하여 주몽을 산속으로 끌고 가서 나무에 묶어 놓
고 왔는데, 주몽은 나무에 묶인 채로 나무를 통째로 뽑아 산을 내
려왔습니다.

말하기를 주몽이란 자는
틀림없이 범상한 사람이 아니니
만일 일찍 없애지 않으면
후환이 끝없으리라 하였다.


왕자들은 주몽의 비범한 기상이 왕위에 위협이 될까 두려웠습니
다. 태자는 왕에게 주몽의 비범한 능력이 왕권에 위협이 될 수도
있다고 말하며 그를 일찍 처리해야 후환이 없을 것이라 했습니다.
왕 또한 왕자의 말을 듣고 주몽을 어떻게든 처리하려고 마음먹었
습니다.

왕이 가서 말을 기르게 하니
그 뜻을 시험하고자 함이었다.
스스로 생각하니 천제의 손자가
천하게 말 기르는 것이 참으로 부끄러워
가슴을 어루만지며 항상 혼자 탄식하기를,
사는 것이 죽는 것만 못하다.
마음 같아서는 장차 남쪽 땅에 가서
나라도 세우고 성시도 세우고자 하니
사랑하는 어머니가 계시기 때문에
이별이 참으로 쉽지 않구나.

왕은 주몽에게 시련을 주고자 마구간에서 말에게 밥을 먹이고 오
물을 치우는 일을 시켰습니다. 주몽은 천제의 손자인 자신이 큰일
을 도모하지 못하고 마구간에만 머물러 있는 것에 탄식했습니다.
"이렇게 사는 것은 죽는 것만 못하다. 당장 남쪽으로 내려가 나라
를 세우고 싶지만 사랑하는 어머니와 헤어지기가 무엇보다도 어
렵구나."
세력을 키우지도 못하고 왕과 태자의 감시 아래 있으니 아무리 능
력이 좋고 재주가 뛰어난 주몽도 어쩔 수가 없었던 것입니다.

어머니께서 이 말 듣고는

흐르는 눈물 훔치며,

너는 내 걱정 하지 말라.

나도 항상 마음 아프다.

대장부가 먼 길을 가려면

반드시 준마가 있어야 한다며

아들을 데리고 마구간에 가서

곧 긴 채찍으로 말을 때리니

여러말이 모두 달아나는데

붉은 빛이 얼룩진 말 한 마리는

두 길 되는 난간을 뛰어넘으니

이것이 준마인 줄 비로소 깨달았다.

유화는 주몽의 마음을 알고 가슴이 아팠습니다. 멀리 떠나 나라를
세우려면 말이라도 한 필 있어야겠지요. 왕이 주몽에게 좋은 말을
줄 리가 없다고 생각한 유화는 마구간으로 가서 말을 채찍질하기
시작했습니다. 그런데 아무리 채찍질을 해도 도망가지 않는 말이
있어 시험해 보니 바로 명마였습니다.

남모르게 바늘을 혀에 꽂으니
시고 아파 아무것도 먹지 못하네.
며칠도 안 되어 말이 매우 야위어
나쁜 말과 다름없었다.
그 뒤에 왕이 돌아보고
바로 이 말을 주었다.
얻고 나서 비로소 바늘을 뽑고
밤낮으로 힘써 먹였다.

주몽은 그 말의 혀에 일부러 바늘을 꽂아 음식을 제대로 먹지 못하게 했고 다른 말들에게는 먹이를 많이 주어 살찌게 했습니다. 명마는 날이 갈수록 빠르게 야위고 털은 윤기를 잃었습니다. 명마가 매우 보잘것없어 보이게 되자 주몽은 마구간을 잘 돌보았으니 포상으로 왕에게 말을 달라 청하였습니다. 주몽과 유화의 바람대로 왕은 마구간에서 가장 야윈 말을 주었지요. 주몽은 그 말을 데려가 혀에 박힌 바늘을 빼고 열심히 돌보아 다시 훌륭한 말이 되게 했습니다.

가만히 세 명의 어진 벗을 맺으니
그 사람들 모두 지혜가 많았다.
남쪽으로 가서 엄체수(淹漇水)*에 이르러
건너려 하여도 배가 없었다.


주몽은 명마를 얻고 수련을 열심히 하며 동부여를 탈출할 채비를
서둘렀습니다. 길을 떠나기 전 좋은 친구 세 명을 얻은 주몽은 이
들에게 남쪽으로 내려가서 같이 나라를 세우자고 제안했습니다.
네 명의 청년이 길을 떠나는 중에 엄체수라는 강에 도착했는데 다
리도 없고 배도 없어서 강을 건너지 못하고 있었습니다.

* 지금의 압록강 동북쪽에 있는 강. 개사수(蓋斯水)라고도 한다.

채찍을 잡고 저 하늘을 가리키며
탄식하며 하는 말이
"천제의 손자 하백의 외손이
난을 피하여 이곳에 이르렀소.
불쌍한 고자*의 마음을
황천후토**가 차마 버리시리까?"


주몽은 두 손으로 채찍을 받들고 하늘을 올려다보며 기도하기 시
작했습니다.
"천제의 손자이며 강물의 신 하백의 외손자 주몽이 난을 피하던
와중에 강을 만났습니다. 하늘의 신과 땅의 신이시여, 부디 외로운
소인을 도와주소서."

*   아버지를 여읜 아들.
**   하늘의 신과 땅의 신.

활을 잡아 하수를 치니
고기와 자라가 머리와 꼬리를 나란히 하여
높직이 다리를 이루어 비로소 건널 수 있었다.
조금 뒤에 쫓는 군사 이르러
다리에 오르니 다리가 곧 무너졌다.

기도를 끝낸 주몽이 등에 메고 있던 활을 들어 강물을 치니 물고기와 자라가 수면으로 올라와 다리를 만들어 주었습니다. 주몽과 세 청년은 하늘과 강의 신에 감사하며 말을 타고 강을 건넜습니다. 반대편에 다다른 후에 네 청년이 뒤를 돌아보자 동부여의 군사들이 그들을 바짝 뒤쫓아 강을 건너려 하고 있었습니다. 군사들이 강 앞에 다다르자 물고기와 자라들이 다시 물속으로 들어가면서 다리가 무너져 버렸습니다.

한 쌍의 비둘기 보리 물고 날아

신모의 사자가 되어 왔다.

강을 건너 길을 가던 주몽 일행은 큰 나무를 발견하여 그 밑에서 쉬기로 했습니다. 그때 한 쌍의 비둘기가 주몽에게 날아와서 손바닥에 보리 종자를 뱉었습니다. 주몽이 부여를 떠날 때 유화가 주몽에게 다섯 가지 곡식의 종자를 챙겨 주었는데, 주몽이 보리 종자를 빼놓고 갔던 것입니다. 후에 보리 종자가 남아 있는 것을 안 유화 부인이 비둘기에게 보리알을 물려 주몽에게 날려 보낸 것이지요. 이로써 주몽은 나라를 세울 때 농사를 지을 곡식의 종자를 모두 마련하게 되었습니다. 건국 신화에 이 이야기가 들어 있는 것은 당시 사람들이 농사를 굉장히 중요하게 여겼다는 것을 의미합니다.

산수가 좋은 땅에 왕도를 열었더니
산천이 울창하고 높고 컸다.

주몽 일행이 다시 남쪽으로 길을 가던 중 어떤 산 위에서 아래를
내려다보니 평야가 넓고 한쪽으로 강이 흐르며 강 너머로 산과 숲
이 펼쳐져 있어 나라의 터전으로 삼기 좋았습니다.

스스로 떠 자리 위에 앉아서
대강 군신의 위치를 정하였다.

아직 나라의 기틀을 갖추지는 않았지만 주몽이 상석에 자리를 잡고 앉아 세 명의 청년과 임금과 신하의 예를 갖추었습니다. 이렇게 동아시아 최강국이었던 고구려의 역사가 시작됩니다.

# 동명왕편(東明王篇)

이규보

(전략)

王知慕漱妃(왕지모수비)    왕이 해모수의 왕비인 것을 알고

仍以別宮置(잉이별궁치)    이내 별궁에 있게 했다.

懷日生朱蒙(회일선주몽)    해를 품고 주몽을 낳았으니

是歲歲在癸(시세세재계)    이 해가 계해년이었다.

骨表諒最奇(골표량최기)    골상이 참으로 기이하고

啼聲亦甚偉(제성역심위)    우는 소리가 또한 우렁찼다.

初生卵如升(초생란여승)    처음에 되만 한 알을 낳으니

觀者皆驚悸(관자개경계)    보는 사람들이 깜짝 놀랐다.

王以爲不祥(왕이위불상)    왕이 상서롭지 못하다,

此豈人之類(차기인지류)    '이것이 어찌 사람의 종류인가' 하고

置之馬牧中(치지마목중)    마구간 속에 두었더니

群馬皆不履(군마개불리)    여러 말들이 모두 밟지 않았고

棄之深山中(기지심산중)    깊은 산속에 버렸더니

百獸皆擁衛(백수개옹위)    온갖 짐승이 모두 옹위하였다.

母姑擧而養(모고거이양)    어미가 우선 받아서 기르니

經月言語始(경월언어시)    한 달이 되면서 말하기 시작하였다.

自言蠅嚼目 (자언승참목) 스스로 말하되 파리가 눈을 빨아서
臥不能安睡 (와불능안수) 누워도 편안히 잘 수 없다 하였다.
母爲作弓矢 (모위작궁시) 어머니가 활과 화살을 만들어 주니
其弓不虛掎 (기궁불허기) 그 활이 빗나가는 법이 없었다.
年至漸長大 (연지점장대) 나이가 점점 많아짐에
才能日漸備 (재능일점비) 재능도 날로 늘어가자
扶余王太子 (부여왕태자) 부여왕의 태자들에게
其心生妬忌 (기심생투기) 시기하는 마음이 생겼다.
乃言朱蒙者 (내언주몽자) 말하기를 주몽이란 자는
此必非常士 (차필비상사) 틀림없이 범상한 사람이 아니니
若不早自圖 (약불조자도) 만일 일찍 없애지 않으면
其患誠未已 (기환성미이) 후환이 끝없으리라 하였다.
王令往牧馬 (왕령왕목마) 왕이 가서 말을 기르게 하니
欲以試厥志 (욕이시궐지) 그 뜻을 시험하고자 함이었다.
自思天之孫 (자사천지손) 스스로 생각하니 천제의 손자로서
厮牧良可恥 (시목량가치) 천하게 말 기르는 것이 참으로 부끄러워
捫心常竊導 (문심상절도) 가슴을 어루만지며 항상 혼자 탄식하길
吾生不如死 (오생불여사) 사는 것이 죽는 것만 못하다.
意將往南土 (의장왕남토) 마음 같아서는 장차 남쪽 땅에 가서
立國立城市 (입국입성시) 나라도 세우고 성시도 세우고자 하나

爲緣慈母在 (위연자모재) 사랑하는 어머니가 계시기 때문에

離別誠未易 (이별성미역) 이별이 참으로 쉽지 않구나.

其母聞此言 (기모문차언) 그 어머니 이 말 듣고

潸然抆淸漏 (잠연문청루) 흐르는 눈물 훔치며,

汝幸勿爲念 (여행물위념) 너는 내 걱정하지 말라.

我亦常痛痞 (아역상통비) 나도 항상 마음 아프다.

士之涉長途 (사지섭장도) 대장부가 먼 길을 가려면

須必憑騄駬 (수필빙록이) 반드시 준마가 있어야 한다며

相將往馬閑 (상장왕마한) 아들을 데리고 마구간에 가서

卽以長鞭捶 (즉이장편추) 곧 긴 채찍으로 말을 때리니

羣馬皆突走 (군마개돌주) 여러 말이 모두 달아나는데

一馬騂色斐 (일마성색비) 붉은빛이 얼룩진 말 한 마리는

跳過二丈欄 (도과이장란) 두 길 되는 난간을 뛰어넘으니

始覺是駿驥 (시각시준기) 이것이 준마인 줄 비로소 깨달았다.

潛以針刺舌 (잠이침자설) 남모르게 바늘을 혀에 꽂으니

酸痛不受飼 (산통불수사) 시고 아파 먹지 못하네.

不日形甚癯 (불일형심구) 며칠 못 되어 말이 몹시 야위어

却與駑駘似 (각여노태사) 나쁜 말과 다름없었다.

爾後王巡觀 (이후왕순관) 그 뒤에 왕이 돌아보고

予馬此卽是 (여마차즉시) 바로 이 말을 주었다.

得之始抽針(득지시추침) 얻고 나서 비로소 바늘을 뽑고

日夜屢加餧(일야루가위) 밤낮으로 힘써 먹였다.

暗結三賢友(암결삼현우) 가만히 세 어진 벗을 맺으니

其人共多智(기인공다지) 그 사람들 모두 지혜가 많았다.

南行至淹滯(남행지엄체) 남쪽으로 가서 엄체수에 이르러

欲渡無舟艤(욕도무주의) 건너려 하여도 배가 없었다.

秉策指彼蒼(병책지피창) 채찍을 잡고 저 하늘을 가리키며

慨然發長喟(개연발장위) 탄식을 하며 하는 말이

天孫河伯甥(천손하백생) "천제의 손자 하백의 외손이

避難至於此(피난지어차) 난을 피하여 이곳에 이르렀소.

哀哀孤子心(애애고자심) 불쌍한 고자의 마음을

天地其忍棄(천지기인기) 황천후토가 차마 버리시리까" 하고

操弓打河水(조궁타하수) 활을 잡아 하수를 치니

魚鼈騈首尾(어별병수미) 고기와 자라가 머리와 꼬리를
나란히 하여

屹然成橋梯(흘연성교제) 높직이 다리를 이루어

始乃得渡矣(시내득도의) 비로소 건널 수 있었다.

俄爾追兵至(아이추병지) 조금 뒤에 쫓는 군사가 이르러

上橋橋旋圮(상교교선비) 다리에 오르니 다리가 곧 무너졌다.

雙鳩含麥飛(쌍구함맥비) 한 쌍의 비둘기가 보리를 물고 날아와

來作神母使(래작신모사)  신모의 사자가 되어 왔다.

形勝開王都(형승개왕도)  산수가 좋은 땅에 왕도를 열었더니

山川鬱嶵嶲(산천울죄규)  산천이 울창하고 높고 컸다.

自坐茀菰上(자좌불절상)  스스로 띠 자리 위에 앉아서

略定君臣位(약정군신위)  대강 군신의 위치를 정하였다.

이규보는 '동명왕편'의 서문에서 '우리나라가 본래 성인의 고장임을 천하에 알리고 후세 사람들에게도 전하기 위해 시를 지었다'고 밝힙니다. 이규보는 1193년(명종 23), 나이 26세 때 이 작품을 썼는데요. 당시 요나라의 침공과 금나라의 위협, 무신 정권에 의한 살육과 민란 등으로 고려는 매우 혼란스러운 상황에 놓여 있었습니다. 고려가 찬란한 역사를 가진 고구려를 계승하고 있다는 것을 상기시키고 민족의 자주성과 민족의식을 고취하기 위해 건국 서사시를 쓰게 된 것이지요.

 **핵심 정리**

- 형식: 한시, 번역시, 영웅 서사시
- 연대: 고려 후기
- 출전: 『동국이상국집』
- 주제: 동명성왕 주몽의 탄생과 고구려의 건국
- 성격: 서사적, 교훈적, 신화적 표현을 산문체로 풀어 씀
- 의의: 우리나라 최초의 건국 서사시, 민족의식을 주체적으로 표현

# 부벽루

## 천년의 태평성대가 덧없구나

이색

'부벽루'는 고려 후기 삼은三隱* 중 한 사람인 목은 이색의 작품입니다. 이 작품에는 원나라의 오랜 침략을 겪고 공민왕의 개혁이 실패한 뒤 극도로 쇠약해진 고려의 상황을 안타까워하는 이색의 마음이 표현되어 있습니다.

이색은 평양성을 지나며 광개토대왕 때의 유적인 영명사를 찾아가는 길에 부벽루에 오릅니다. 그곳에서 보게 된 것은 상상한 것보다도 훨씬 쓸쓸하고 허망한 풍경이었습니다.

---

\*  고려 후기에 유학자로 이름난 세 사람. 포은(圃隱) 정몽주, 목은(牧隱) 이색, 야은(冶隱) 길재를 이른다.

어제 영명사를 지나다
잠시 부벽루에 올랐네.

평양의 대동강 유역, 깎아지른 듯 높게 솟구친 청류벽이라는 절벽 위에 부벽루라는 이름의 누각이 있습니다. 부벽루에 오른 이색이 기울어져 가는 고려의 국운을 떠올리며 생각에 잠겨 있습니다.

성은 텅 빈 채로 달 한 조각 떠 있고

그 옛날 고조선과 고구려의 수도였던 평양에 이제는 무너진 성벽만이 남았습니다. 옛날의 영화는 흔적도 찾아볼 수 없고 사람들의 발길이 끊긴 지도 오래된 것 같습니다. 하늘에는 초승달 한 조각이 떠 있을 뿐입니다. 적막한 성터에 비치는 달빛이 쓸쓸함을 더합니다.

바위는 천년 구름 아래 늙었네.

성터 위쪽으로 큰 바위가 세월에 닳아 무뎌져 있고 그 위로는 구름
이 흐릅니다. 천 년이라는 긴 세월은 단단한 바위마저 무뎌지게 만
듭니다. 강인한 고구려인의 기상이 다시 고려로 이어졌지만 이제
고려의 국운도 다해 가는 중입니다. 무너져 가는 고려의 모습을 늙
은 바위는 조용히 지켜보고 있습니다.

기린마는 떠나간 뒤 돌아오지 않는데
천손은 지금 어느 곳에 노니는가?

'기린마'는 주몽이 타고 하늘로 올라갔다는 말입니다. 그러나 지금 주몽의 대단했던 기세는 사라졌고 국운이 다한 고려는 원나라의 침입과 무신들의 권력 다툼으로 무너져 가고 있습니다. 주몽처럼 위대한 영웅이 나타나서 안타까운 현실에 처한 나라를 구해 주어야 하는데 영웅의 모습은 어디에도 보이지 않습니다.

돌다리에 기대어 휘파람 부노라니
산은 오늘도 푸르고 강은 절로 흐르네.

마지막 구절에서 화자는 부벽루에서 내려와 돌다리에 기대어 한숨을 쉽니다. 이 한숨이 '휘파람'이라는 시어로 표현되었습니다. 나라의 앞날을 걱정하는 늙은 선비 앞에 강물은 길게 이어져 있고 주변의 산들은 첩첩이 쌓여 푸릅니다. 인간의 역사는 고작 천 년을 가지 못하지만 아름다운 자연은 오랜 세월 변함없이 제자리를 지키고 있습니다. 인간 세상의 유한함과 유구한 자연의 모습이 선명한 대조를 이루고 있습니다.

# 부벽루(浮碧樓)

이색

어제 영명사를 지나다
잠시 부벽루에 올랐네.
성은 텅 빈 채로 달 한 조각 떠 있고
바위는 천년 구름 아래 늙었네.
기린마는 떠나간 뒤 돌아오지 않는데
천손은 지금 어느 곳에 노니는가?
돌다리에 기대어 휘파람 부노라니
산은 오늘도 푸르고 강은 절로 흐르네.

## (원문)

昨過永明寺 ( 작과영명사 )

暫登浮碧樓 ( 잠등부벽루 )

城空月一片 ( 성공월일편 )

石老雲千秋 ( 석로운천추 )

麟馬去不返 ( 인마거불반 )

天孫何處遊 ( 천손하처유 )

長嘯倚風磴 ( 장소의풍등 )

山靑江自流 ( 산청강자류 )

'부벽루'에서 이색은 고구려 시절의 영화가 흔적도 없이 퇴색되어 버린 성터를 보며 인생무상을 노래합니다. 하지만 단지 지난날을 그리워하며 현실을 절망하는 것이 아니라 고구려의 건국 영웅인 주몽을 회상하며 선조의 위대한 업적이 다시 재현되어 고려가 다시 도약할 수 있기를 소망하고 있습니다. 고려 지식인의 역사의식이 반영된 작품이지요.

 **핵심 정리**

- 형식: 오언 율시
- 연대: 고려 후기
- 출전: 『목은집』
- 성격: 회고적, 애상적
- 주제: 찬란했던 고구려 시절에 대한 회고와 망해 가는 고려에 대한 안타까움
- 의의: 인간 역사의 유한함과 자연의 무한함을 대조적으로 나타냄

# 송인

## 대동강에 흐르는 눈물 더하네

정지상

조선 후기의 문인 신광수가 "남포에서 임을 보낸 옛날 노래 있으니, 천년의 절창은 정지상이다"라고 칭송했듯이 '송인'은 고려 시대 제일의 이별가로 알려져 있습니다. 비 온 뒤에 더욱 푸른 강둑의 풀빛과 이별의 아픔이 대비되어 후대에 이르기까지 대동강이 이별의 정한을 담은 장소로 기억되게 합니다.

이 작품은 절친한 친구와의 이별을 슬퍼하며 지은 시이지만 연인의 이별로 바꾸어 불렀을 때 더욱 감정이 살아납니다. 따라서 이 책에서도 연인이 헤어지는 상황으로 해석했습니다.

비 갠 긴 둑엔 풀빛이 짙은데,

대동강 가장자리를 따라 풀이 가득 피어났습니다. 푸른빛은 젊음과 건강함을 상징하기도 하지만 서러움과 아픔을 상징하는 색이기도 합니다.

남포에서 님 보내며 슬픈 노래 부르네.

대동강을 건너는 배에 사랑하는 임이 타고 있습니다. 강을 건너가는 임을 따라가지 못하고 바라보는 여인은 서러움에 눈물을 훔칩니다. 강은 문학에서 오래전부터 돌이킬 수 없는 이별을 뜻하는 소재로 사용되었습니다. '공무도하가'와 '송인', '서경별곡' 그리고 박목월의 '이별가'에 이르기까지 많은 작품 속에서 이별의 상징으로 쓰입니다.

대동강 물은 언제 다 마르려는지

강물이 마르기를 기다리는 것은 불가능한 일을 기대하는 것과 같
습니다. 떠난 사람을 기약 없이 기다리는 여인의 마음이 무척이나
답답합니다.

해마다 이별 눈물 푸른 강에 더하네.

여인은 조금이라도 임에게 가까이 가고 싶어 강물에 발을 담그지
만 더 이상 깊게 들어가기는 어렵습니다. 떠난 임을 생각하며 흘리
는 눈물이 대동강에 떨어집니다. 얼마나 많은 눈물이 흐르는지 여
인의 눈물에 강물이 불어날 것만 같습니다.

# 송인(送人)

정지상

비 갠 긴 둑에 풀빛이 짙은데

남포에서 님 보내며 슬픈 노래 부르네.

대동강 물은 언제 다 마르려는지

해마다 이별 눈물 푸른 강에 더하네.

(원문)

雨歇長提草色多 (우헐장제초색다)

送君南浦動悲歌 (송군남포동비가)

大洞江水何時盡 (대동강수하시진)

別淚年年添綠波 (별루년년첨록파)

평양의 대동강에 있는 부벽루에는 많은 시인의 작품이 걸려 있었습니다. 조선 시대 명나라 사신이 평양에 올 때는 반드시 부벽루에 들렀다고 합니다. 명나라 사신들은 '송인'을 보고는 모두 신이 만든 작품이라 하며 놀라워했다고 합니다.

고려 최고의 시인이었던 정지상은 묘청의 난에 연루되어 김부식 일파에게 죽임을 당했습니다. 정지상의 죽음을 안타까워했던 당시 사람들은 김부식이 정지상의 재능을 시기하여 죽였다고 생각했지요. 야사에는 "정지상이 죽은 후 꽃이 아름답게 핀 어느 봄날 밤, 김부식이 뒷간에 가서 큰일을 보면서 봄꽃을 보고 시상이 떠올라 흥에 겨워 시를 읊고 있을 때 갑자기 정지상의 혼령이 공중에 나타나 김부식의 뺨을 때리면서 '그 대목에서 왜 그런 글자를 쓰느냐? 그럴 때는 이러이러한 글자를 써야 한다'라고 충고하고 사라졌는데 김부식의 뺨에는 정지상의 손자국이 남아 있었다"고 전해집니다. 이 일화는 당시 사람들이 정지상의 재능을 얼마나 아까워했는지 보여 주는 예라고 할 수 있습니다.

 **핵심 정리**

- 형식: 7언 절구
- 연대: 고려 인종 13년(1135년)
- 출전 :『동문선』,『파한집』,『삼한시귀감』
- 성격: 애상적, 서정적
- 주제: 대동 강가에서 님과 이별하는 슬픔
- 의의: 우리나라 한시 중 이별을 노래한 가장 오래된 작품

가사는 기본 음수율 3·4조, 4·4조에 4음보의 형식을 가지고 있지만 행수에는 제한을 두지 않아 작가마다 작품의 분량이 다르다는 특징을 보여 줍니다. 이런 특징 때문에 가사를 운문에서 산문으로 넘어가는 과도기적 작품이라고 합니다.

가사의 내용은 임진왜란과 병자호란을 전후로 하여 전기와 후기로 나뉘며 내용도 그에 따라 확연한 차이를 보입니다. 조선 전기 가사의 대표 작가는 정극인과 송순 그리고 정철입니다. 특히 정철은 가사 문학의 대가라 불리며 '관동별곡', '사미인곡', '속미인곡' 등의 작품을 남겼습니다. 전기 가사의 내용은 속세의 복잡함과 정치 싸움 등에서 떨어져 자연을 즐기며 스스로를 수양하여 자신만의 철학을 노래하는 '강호가도'를 주제로 합니다.

후기 가사는 창작자의 계층이 다양해지면서 그 내용 또한 다채로워집니다. 임진왜란과 병자호란의 영향으로 인한 민중들의 고통, 탐욕스럽고 부패한 인물에 대한 풍자와 해학, 남녀 간의 애정 등 다양하고 구체적인 민중의 삶이 작품에 나타나게 됩니다.

제2장

# 가사

# 상춘곡

## 한적한 시골에서 부르는 봄노래

정극인

'상춘곡'은 현재 우리나라 최초의 가사 작품으로 알려져 있습니다. 부귀와 공명을 탐하지 않으며 자연에 파묻혀 안빈낙도하는 삶을 추구하는 대표적인 작품입니다. 제목에서 볼 수 있듯이 자연에서 느끼는 봄의 정취를 노래하는 작품으로 대단히 정제된 형식과 표현이 특징입니다. 상춘곡은 우리 선조들이 자연을 대하는 태도를 잘 보여 주는 작품이며 강호가도江湖歌道*를 구현한 작품으로 이후에 창작된 송순의 '면앙정가'와 정철의 '성산별곡', '관동별곡'에 영향을 주었습니다.

내용 전개의 경우 풍월주인風月主人, 가려춘경佳麗春景, 소요음영逍遙吟詠, 산수山水 구경, 음주자적飮酒自適, 등고부감登高俯瞰, 수분행락守分行樂의 순서로 장면을 제시하며 봄의 정취와 자연에 묻혀 사는 즐거움을 표현합니다.

---

\* 　조선 시대 시가 문학에서 보이는 자연 예찬 풍조. 사대부들이 현실을 도피하여 자연을 벗 삼아 지내며 일으킨 시가 창작의 경향.

젊은 시절, 정극인은 정치적인 이유로 귀양을 가거나 하옥된 적이 있었습니다. 정치 현실에 환멸을 느낀 정극인은 노년에 이르러 벼슬자리를 내놓고 물러나 고향에서 초가집을 지어 밭을 갈고 시를 쓰며 생활했습니다.

세상에 묻혀 사는 분들이여. 내 생활이 어떠한가.

옛 사람들의 풍류를 내가 미칠까 못 미칠까?

세상의 남자로 태어나서 나만 한 사람이 많건마는

왜 그들은 자연에 묻혀 사는

지극한 즐거움을 모르는 것인가?

몇 간쯤 되는 초가집을 맑은 시냇물 앞에 지어 놓고,

소나무와 대나무가 우거진 속에 자연의 주인이 되었구나!


정극인은 벼슬을 내놓고 시골로 내려와서 앞에는 시냇물이 흐르고 주변에는 소나무와 대나무가 울창한 곳에 초가집을 지어 살았습니다. 정극인은 봄이 와서 아름답게 변한 집 앞에 나와 경치를 감상합니다. 복잡한 속세에 살고 있는 사람들은 아름다운 자연의 풍경에 묻혀 사는 지극한 즐거움을 알 수 없을 겁니다.

자신을 '풍월주인'이라 부르는 첫 대목에서 정극인의 자부심이 느껴집니다. 풍월주인은 자연의 주인이라는 뜻으로, 중국 송나라 때의 시인이며 당송 8대가의 한 사람인 소동파의 '적벽부'에 나오는 표현입니다.

엊그제 겨울이 지나 새봄이 돌아오니,
복숭아꽃, 살구꽃은 석양 속에 피어 있고,
푸른 버들과 아름다운 풀은 가랑비 속에 푸르도다.
칼로 오려 내었는가? 붓으로 그려 내었는가?
조물주의 신비스러운 솜씨가 사물마다 화려하다.

며칠 전까지 겨울이었던 것 같은데 봄이 벌써 찾아왔습니다. 복숭
아꽃과 살구꽃이 노을 속에 피었고 초목이 가랑비를 맞아 더욱 푸
릅니다. 말로 표현하기 어려울 정도로 아름다운 봄 풍경입니다. 이
아름다운 풍경이 자연적으로 만들어졌다는 것이 믿기 어려운 정
극인은 조물주가 세상을 만든 신비한 솜씨로 봄 풍경을 만들어 낸
것이 아닐까 생각합니다.

수풀에서 우는 새는 봄기운을 끝내 이기지 못하여
소리마다 교태를 부리는구나.
자연과 내가 한 몸이니 흥겨움이야 다르겠는가?
사립문 주변을 걷기도 하고 정자에 앉아도 보니
천천히 거닐며 나직이 시를 읊조려
산속의 하루가 적적한데,
한가로운 가운데 참된 즐거움을
아는 사람 없이 혼자로구나.

따뜻한 봄기운에 짝짓기를 하려는 듯, 새들이 지저귀는 소리에 아양과 애교가 섞인 것같이 들립니다. 정극인은 주변의 경치를 보며 자연과 자신이 하나됨을 느낍니다. 이 경지를 물아일체라 합니다. 산책하기 좋은 날씨라 사립문 주변을 걷다가 정자에 앉아 쉬기도 하고 급한 일 없이 흥얼거리며 산책을 하곤 합니다. 산속의 일상은 적막하지만 이 또한 한가한 가운데 느껴지는 진정한 기쁨입니다. 자신처럼 자연에 묻혀 살지 않으면 이 기쁨을 알 수가 없습니다.

여보게 이웃 사람들아, 산수 구경 가자꾸나.
산책은 오늘 하고, 목욕은 내일 하세.
아침에 나물 캐고 저녁에 낚시하세.

봄이 오니 마을 사람들도 할 일이 많아졌습니다. 좋은 날이 가기
전에 산책부터 하고, 목욕은 나중에 해도 늦지 않습니다. 아침에는
나물을 캐서 무치고 저녁에는 물고기를 잡아서 식탁에 올립니다.

이제 막 익은 술을 갈건*으로 걸러 놓고,
꽃나무 가지를 꺾어 잔 수를 세며 먹으리라.
화창한 바람이 문득 불어서 푸른 시냇물을 건너오니,
맑은 향기는 술잔에 가득하고 붉은 꽃잎은 옷에 떨어진다.

술이 막 익었으니 두건으로 찌꺼기를 걸러 놓습니다. 술을 앞에 놓고 꽃나무 가지를 꺾어서는, 한 잔 마실 때마다 하나씩 옆으로 옮겨 가며 몇 잔을 마셨는지 세면서 마십니다. 이렇게 나뭇가지를 꺾어 수를 세면서 마시는 것을 우리 선조들은 낭만으로 알았습니다. 술 한 잔을 마셔도 기품을 중요시했던 것이지요.
술을 몇 잔 기울이니 술기운인지 봄바람인지 모를 따뜻한 기운이 강물을 건너옵니다. 술의 향기는 잔에 배어 있고 노을빛은 옷을 물들입니다.

*  칡으로 짠 섬유로 만든 두건.

술동이가 비었거든 나에게 아뢰어라.
작은 아이 시켜서 술집에서 술을 사서,
어른은 막대 짚고 아이는 술을 메고,

한 잔, 한 잔 마시다 보니 술 항아리가 비었습니다. 늙은이와 아이
가 같이 술을 받으러 갑니다. 늙은 선비는 지팡이를 짚어 앞장서고
아이는 술동이를 메고 뒤를 따라옵니다. 한가하고 정겨운 광경이
아닐 수 없습니다.

노래를 읊조리며 천천히 걸어 시냇가에 혼자 앉아,
고운 모래가 비치는 맑은 물에 잔을 씻어 술을 부어 들고,
맑은 시냇물을 굽어보니, 떠내려오는 것이 복숭아꽃이로다.
무릉도원이 가까이 있구나. 저 들이 바로 그곳인가?

술을 받아 왔으니 정극인은 작게 흥얼거리며 시냇가에 혼자 앉아
서 술을 마십니다. 맑은 시냇물을 바라보니 복숭아꽃이 떠내려옵
니다. 무릉도원이 멀리 있지 않습니다. 바로 저 냇물 위가 무릉도
원입니다.

소나무 숲 사이의 좁은 길에서 진달래꽃을 손에 들고,
산봉우리에 급히 올라 구름 속에 앉아 보니,
수많은 마을이 여기저기 펼쳐져 있네.
안개와 노을과 빛나는 햇빛은 비단을 펼친 듯 아름답구나.
엊그제까지 검었던 들에 봄빛이 넘치는구나.

진달래꽃 가지를 손에 든 정극인이 구름 낀 산 위에 올라 여기저기
흩어져 있는 마을을 내려다봅니다. 노을과 아지랑이가 온 세상에
퍼져 부드러운 비단을 펼쳐 놓은 것처럼 아름답습니다. 며칠 전까
지 겨울이라 거뭇거뭇했던 들판에 봄기운이 완연히 느껴집니다.

공명도 나를 꺼리고 부귀도 나를 꺼리니,

아름다운 자연 외에 어떤 벗이 있으리오.

비록 가난하게 살고 있지만 잡스러운 생각은 아니하네.

아무튼 한평생 즐겁게 지내는 것이

이만하면 족하지 않겠는가?

공을 세워 이름을 날리는 것도 자신에게는 맞지 않고, 부귀영화도 자신에게는 어울리지 않는다는 것을 정극인은 알고 있습니다. 정치를 하면서 뜻이 맞지 않아 귀양을 가던 일과 소박하지만 정겨운 자신의 초가집, 그리고 집 주변의 아름다운 풍경을 비교하여 생각합니다. 정치는 자신에게 어울리지 않으니 자연을 즐기며 자연과 친구처럼 사는 게 자신에게 맞는 것 같습니다. 비록 가난하지만 사람의 한평생이 이만하면 괜찮습니다.

# 상춘곡(賞春曲)

정극인

홍진(紅塵)에 뭇친 분네 이내 생애(生涯) 엇더흔고. 넷 사룸 풍류(風流)룰 미출가 못 미출가. 천지간(天地間) 남자(男子) 몸이 날만흔 이 하건마는, 산림(山林)에 뭇쳐 이셔 지락(至樂)을 무를 것가. 수간모옥(數間茅屋)을 벽계수(碧溪水) 앏픠 두고, 송죽(松竹) 울울리(鬱鬱裏)예 풍월주인(風月主人) 되여셔라.

엇그제 겨을 지나 새봄이 도라오니, 도화행화(桃花杏花)는 석양리(夕陽裏)예 퓌여 잇고, 녹양방초(綠楊芳草)는 세우중(細雨中)에 프르도다. 칼로 물아 낸가, 붓으로 그려 낸가, 조화신공(造化神功)이 물물(物物)마다 헌스룹다. 수풀에 우는 새는 춘기(春氣)룰 뭇내 계워 소리마다 교태(嬌態)로다.

물아일체(物我一體)어니, 흥(興)이이 다룰소냐. 시비(柴扉)예 거러 보고, 정자(亭子)애 안자 보니, 소요음영(逍遙吟詠)ㅎ야, 산일(山日)이 적적(寂寂)흔듸, 한중진미(閒中眞味)룰 알 니 업시 호재로다.

이바 니웃드라, 산수(山水) 구경 가쟈스라. 답청(踏靑)으란 오늘

ᄒ고, 욕기(浴沂)란 내일(來日)ᄒ새. 아ᄎ에 채산(採山)ᄒ고, 나
조히 조수(釣水)ᄒ새.

ᄀᆺ 괴여 닉은 술을 갈건(葛巾)으로 밧타 노코, 곳나모 가지 것
거, 수노코 먹으리라. 화풍(和風)이 건ᄃᆺ 부러 녹수(綠水)를 건
너오니, 청향(淸香)은 잔에 지고, 낙홍(落紅)은 옷새 진다. 준중
(樽中)이 뷔엿거ᄃ 날ᄃ려 알외여라. 소동(小童) 아히ᄃ려 주가
(酒家)에 술을 믈어, 얼운은 막대 집고, 아히ᄂ 술을 메고, 미음
완보(微吟緩步)ᄒ야 시냇ᄀ의 호자 안자, 명사(明沙) 조흔 믈에
잔 시어 부어 들고, 청류(淸流)를 굽어보니, ᄯᅥ오ᄂ니 도화(桃
花)ᅵ로다. 무릉(武陵)이 갓갑도다. 져 ᄆᆡ이 긘 거인고.

송간세로(松間細路)에 두견화(杜鵑花)를 부치 들고, 봉두(峰頭)
에 급피 올나 구름 소긔 안자 보니, 천촌만락(千村萬落)이 곳곳
이 버려 잇ᄂᆡ. 연하일휘(煙霞日輝)ᄂ 금수(錦繡)를 재폇ᄂ 듯.
엇그제 검은 들이 봄빗도 유여(有餘)ᄒ샤.

공명(功名)도 날 ᄭᅴ우고, 부귀(富貴)도 날 ᄭᅴ우니, 청풍명월(淸
風明月) 외(外)예 엇던 벗이 잇ᄉ올고. 단표누항(簞瓢陋巷)에 흣
튼 혜음 아니ᄒᄂᆡ. 아모타, 백년행락(百年行樂)이 이만ᄒᆫ들 엇
지ᄒ리.

**핵심 정리**

- 형식: 양반 가사, 서정 가사, 은일 가사
- 연대: 조선 성종 때
- 출전: 『불우헌집』
- 성격: 예찬적, 서정적, 묘사적, 자연 친화적
- 주제: 봄의 정취를 감상함, 안빈낙도
- 의의: 우리나라 최초의 가사 작품으로 자연을 예찬하며 안빈낙도
  의 삶을 추구하는 강호가도를 제시한 작품. 후에 '면앙정가'와 '성
  산별곡', '관동별곡' 등에 영향을 줌

# 면앙정가

송순

자연에 파묻히니 신선이 따로 없다

'면앙정가'는 송순이 41세 때 관직에서 물러나 전라도 담양에 있는 제월봉이란 곳에 정자를 지어 면앙정이라 이름 짓고는 주변의 풍경과 풍류를 노래한 작품입니다. 정극인의 '상춘곡'에 이어 강호가도를 확립한 작품입니다.

면앙정이 있는 제월봉에서 보면 광주의 무등산이 멀리 보이고 송
순도 무등산의 정기가 제월봉에 이어져 있다고 노래하고 있기 때
문에 '면앙정가'는 별칭으로 '무등곡無等曲'이라 불리기도 합니다.
여러 종류의 나무에 둘러싸인 면앙정의 모습이 멋스럽고 평화롭
습니다. 면앙정은 전라남도 담양군 지역에 현재까지도 잘 보존되
어 있습니다.

무등산 한 줄기가 동쪽으로 뻗어 있어
무등산을 멀리 떨치고 나와 제월봉이 되었거늘
끝없이 넓은 벌판에 무슨 생각을 하느라고
일곱 굽이가 한곳에 움츠려
무더기 무더기 벌여 놓은 듯하고
가운데 굽이는 구멍에 든 늙은 용이
선잠을 막 깨어 머리를 얹어 놓은 듯하니
너럭바위 위에 소나무와 대나무를 헤치고
정자를 앉혔으니 구름 탄 청학이 천리를 가려고
두 날개를 벌리고 있는 듯하다.

송순은 자신의 호를 면앙정이라고 지을 정도로 정자에 애정을 가지고 있었습니다. 첫 부분은 면앙정의 지역적인 위치와 면앙정이 자리한 제월봉의 모습을 묘사합니다. 야트막하고 소담한 제월봉에서 보면 드넓은 평야를 가로질러 지평선에 무등산이 보입니다. 면앙정의 모습을 '구름에 오른 푸른 학이 두 날개를 펼친 것 같다'는 활유법으로 나타내어 나름대로의 호연지기를 표현합니다. 현재 제월봉과 무등산 가운데 위치한 평야는 당시와 큰 변화 없이 비슷한 풍경을 유지하고 있습니다.

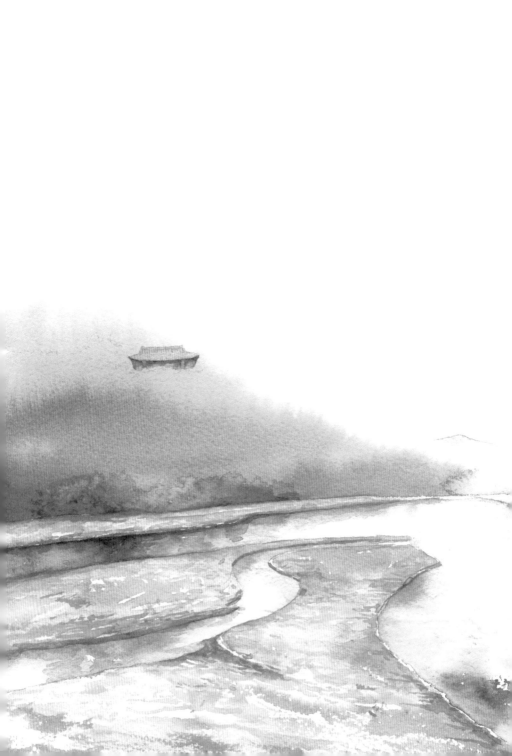

옥천산, 용천산에서 흘러내린 물이

정자 앞 넓은 들에 끊임없이 펼쳐진 듯이

넓거든 길지나 말지, 푸르거든 희지나 말지

두 마리의 용이 몸을 뒤트는 듯, 긴 비단을 쫙 펼쳐 놓은 듯

어디로 가느라고 무슨 일이 바빠서

달리는 듯, 따르는 듯, 밤낮으로 흐르는 듯

이번에는 면앙정의 반대쪽 풍경이 묘사됩니다. 정자 바로 아래에는 '두 마리 용이 뒤엉킨 듯', '비단을 펼쳐 놓은 것 같다'고 비유적으로 표현한 두 줄기 강물이 흐르고 있습니다. 특히 이 부분에 사용된 표현 '…하거든 마나', '…는 듯' 등의 표현은 후에 정철에게 영향을 주어 정철의 가사 작품, 특히 '관동별곡'에 비슷한 표현이 많이 나오는 것을 확인할 수 있습니다.

물 따라 펼쳐진 모래밭은 눈같이 하얗게 펼쳐져 있는데
어지럽게 나는 기러기는 무엇을 어르느라고
앉았다가 날았다가, 모였다 흩어졌다가 하면서
갈대꽃을 사이에 두고 울면서 따라다니느냐.


면앙정 밑으로 흐르는 강물 주변에 깨끗한 모래사장과 갈대밭이
펼쳐져 있습니다. 하얀 백사장과 갈대밭에 삼삼오오 모여 있거나
떼를 이루어 날아가는 기러기들이 언덕 위의 면앙정과 어우러져
서 그림 같은 풍경을 만들어 냅니다.

넓은 길 밖이요, 긴 하늘 아래 두르고 꽂은 것은
산인가, 병풍인가, 그림인가 아닌가.
높은 듯 낮은 듯, 끊어지는 듯 이어지는 듯
숨거니 보이거니, 가거니 머물거니
어지러운 가운데 빼어난 척하며 하늘도 두려워하지 않고
우뚝이 서 있는 여러 산봉우리 가운데,
추월산이 머리를 이루고
용구산, 봉선산, 불대산, 어등산, 용진산, 금성산이
허공에 늘어서 있거든
멀리 가까이에 있는 푸른 절벽에 머문 것도
많기도 하구나.


제월봉 주변에 있는 여러 다른 산들의 모습이 묘사됩니다. 남도의
산들이 모여 끊어질 듯 이어지고, 낮고 높은 봉우리들이 연달아 모
인 아름다운 풍경입니다.

흰 구름, 뿌연 안개와 노을, 푸른 것은 산 아지랑이로구나.
수많은 바위와 골짜기를 제집으로 삼아 두고
나오기도 하고 들어가기도 하면서 아양도 떠는구나.
올라가기도 하고 내려가기도 하며 공중으로 떠났다가,
넓은 들로 건너갔다가 푸르기도 하고 붉기도 하고,
옅기도 하고 짙기도 하고 석양과 섞이어
가랑비조차 뿌리느냐?

면앙정에 봄이 왔습니다. 가랑비가 내리고 흰 구름과 안개와 노을,
아지랑이가 한데 얽혀 면앙정 주변을 신비롭게 만듭니다. 노을에
비친 안개와 아지랑이가 바람도 없이 주변의 바위와 골짜기를 돌
며 더욱 아름다운 풍경이 만들어집니다.

뚜껑 없는 가마를 재촉해 타고
소나무 아래 굽은 길로 오가며 하는 때에
푸른 버드나무에서 우는 꾀꼬리는
흥에 겨워 아양을 떠는구나.
나무와 억새풀이 우거져 녹음이 짙어진 때에
긴 난간에서 긴 졸음을 즐기니
물위에서 불어오는 서늘한 바람은
그칠 줄을 모르는구나.


가마를 타고 오르내리는 중에 물이 오른 버드나무에서 꾀꼬리가
즐겁게 지저귀는 소리가 들립니다. 면앙정의 난간에 기대어 한가
하면서도 아름답고 평화로운 풍경을 보고 있자니 화자는 잠이 솔
솔 오는 모양입니다. 그늘에 앉아 시원한 바람을 맞으며 여유롭게
여름을 즐기는 풍경입니다.

된서리 걷힌 후에 산 빛이 수놓은 비단 같구나.
누렇게 익은 곡식은 또 어찌 넓은 들에 펼쳐져 있는고?
고기잡이를 하며 부르는 피리도 흥을 이기지 못하여
달을 따라 계속 부는가.

면앙정이 가을을 맞았습니다. 면앙정 앞에 펼쳐진 들판에 곡식이
누렇게 익어 누런 구름이 펼쳐진 듯합니다. 가을이 오니 고기도 살
이 올라 어부들이 부는 피리 소리에도 흥이 묻어납니다.

초목이 다 떨어진 후에 강산이 눈 속에 묻혔거늘
조물주가 화려하여 얼음과 눈으로 꾸며 내니
경궁요대\*와 옥해은산\*\* 같은 설경이 눈 아래 펼쳐져 있구나.
하늘과 땅도 풍요롭다.
가는 곳마다 아름다운 경치로구나.

겨울이 오니 면앙정 주변의 나무와 풀은 모두 잎이 떨어졌습니다.
조물주는 화려한 솜씨를 발휘하여 얼음과 눈으로 온 세상을 아름
답게 꾸며 냈습니다. 온 세상이 하얀 눈으로 뒤덮여서 하늘과 땅이
풍요로워 보입니다. 겨울이라 볼 것이 없을 것 같았던 면앙정에 눈
이 내리니 가는 곳마다 아름다운 풍경이 펼쳐집니다.

\*  옥으로 장식한 것처럼 호화로운 궁전과 누대.
\*\*  옥 같은 바다와 은 같은 산.

인간 세상을 떠나와도 내 몸이 한가로울 겨를이 없다.

이것도 보려 하고 저것도 들으려 하고

바람도 쐬려 하고 달도 맞으려 하고

밤은 언제 줍고 고기는 언제 낚고

사립문은 누가 닫으며 떨어진 꽃은 누가 쓸 것인가.

아침에도 자연을 즐길 시간이 부족한데

저녁이라고 싫을쏘냐.

오늘도 부족한데 내일이라고 넉넉하랴.

속세를 떠나와 면앙정을 짓고 나서 여유롭게 지낼 것 같았지만 한가로운 면앙정에도 은근히 할 것이 많이 있습니다. 볼 것도 들을 것도 많고, 자연을 즐기려고 마음을 먹고 나니 아침저녁으로 보고 들어도 시간이 부족합니다. 오늘 자연을 즐길 시간이 부족한데 내일이라고 넉넉할 리 없습니다. 화자는 아무리 자연에 둘러싸여 살아도 싫증이 나지 않은가 봅니다.

이 산에 앉아 보고 저 산에 걸어 보니
번거로운 마음이 없으니, 버릴 일이 전혀 없다.
쉴 사이도 없는데, 찾아오는 길을 전할 틈이 있으랴.
다만 하나, 청려장*만이 다 닳아 가는구나.

작가는 면앙정 주변에 있는 산들을 찾아다니고 있습니다. 아름
다운 자연을 즐기며 사느라 번거로운 마음이 생길 겨를이 없습
니다. 이곳저곳의 자연을 찾아다니느라 나름대로 바쁘기 때문
에 사람들에게 이곳에 오는 길을 가르쳐 줄 여유가 없습니다. 얼
마나 돌아다녔는지 지팡이가 다 닳을 지경입니다.

* 명아 줄기로 만든 지팡이.

술이 익어 가니 벗이 없을 것인가.

노래를 부르게 하며, 악기를 타게 하거나 켜게 하며,

흔들며 온갖 소리로 취흥을 재촉하니

근심이 있겠으며, 시름이라 붙어 있겠는가?

눕기도 하고 앉기도 하며,

구부리기도 하고 젖히기도하며,

시를 읊다가 휘파람을 불었다가 마음 놓고 노니

천지도 넓으며 세월도 한가하다.


술이 잘 익었으니 친구들을 불러 한잔해야겠지요. 같이 모여 술을
권하며 노래도 하고 손으로 뜯는 악기와 활로 켜는 악기를 연주하
면서 취한 김에 흥이 납니다. 좋은 친구들과 잘 익은 술을 마시며
노래하고 연주하며 어울리니 근심과 걱정이 모두 사라진 것 같습
니다. 놀다가 피곤하면 눕거나 앉아서 쉬면서 시도 읊고 휘파람도
붑니다. 세상에 부러울 것이 없어 보입니다.

복희씨도 태평성대를 모르고 지냈다더니
지금이야말로 그때로구나.
신선이 어떤 것인가, 이 몸이야말로 신선이로구나.
아름다운 자연을 거느리고 내 한평생을 다 누리면
악양루 위에 이태백이 살아 온들
넓고 끝없는 정다운 회포가 이보다 더할 수 있겠는가?
이 몸이 이렇게 지내는 것도 역시 임금의 은혜이다.


복희씨는 중국 전설 시대의 임금입니다. 화자는 전설 속의 태평성
대보다 자신이 사는 지금이야말로 태평성대라고 생각합니다. 또,
면앙정에서 자연을 즐기며 살고 있는 지금의 자신이 바로 신선이
아닐까 생각합니다. 송순은 그 정도로 현재 생활에 만족하고 있는
것 같습니다. 아름다운 자연을 즐기며 일생을 살아간다면 온갖 풍
류를 즐기다 간 이태백이 와도 이보다 더 호탕한 마음을 가지기 어
려울 것이라 생각합니다. 이렇게 유유자적하며 지내는 것이 모두
임금의 은혜입니다.

# 면앙정가(俛仰亭歌)

송순

무등산(无等山) 흔 활기 뫼히 동다히로 버더 이셔 멀리 쎄쳐 와 제월
봉(霽月峯)의 되어거늘 무변대야(無邊大野)의 므슴 짐쟉ᄒ노라 일
곱 구비 홈ᄃᆡ 움쳐 므득므득 버럿ᄂ 듯. 가온대 구비ᄂ 굼긔 든 늘근
뇽이 선줌을 ᄀᆺ ᄭᆡ야 머리ᄅᆞᆯ 언쳐시니.

너ᄅ바회 우희 송죽(松竹)을 헤혀고 정자(亭子)ᄅᆞᆯ 언쳐시니 구름 튼
청학(靑鶴)이 천 리(千里)ᄅᆞᆯ 가리라 두 ᄂᆞ래 버럿ᄂ 듯.

옥천산(玉泉山) 용천산(龍泉山) ᄂᆞ린 믈이 정자(亭子) 압 너븐 들ᄒᆡ
올올히 펴진 드시 넙쎠든 기노라 프르거든 희디 마나 쌍룡(雙龍)이
뒤트ᄂ 듯 긴 깁을 치 펏ᄂ 듯 어드러로 가노라 므슴 일 ᄇᆡ얏바 둗ᄂ
듯 ᄯᅩ로ᄂ 듯 밤낫즈로 흐르ᄂ 듯

므조친 사정(沙汀)은 눈ᄀᆺ치 펴졋거든 어즈러온 기러기ᄂ 므스거
슬 어르노라 안즈락 ᄂᆞ리락 모드락 훗트락 노화(蘆花)ᄅᆞᆯ ᄉ이 두고
우러곰 좃ᄂᆞᆫ고.

너븐 길 밧기요 긴 하ᄂᆞᆯ 아ᄅᆡ 두르고 ᄭᅩᄌᆫ 거슨 뫼힌가 병풍(屛風)
인가 그림가 아닌가. 노픈 듯 ᄂᆞᄌᆫ 듯 ᄭᅳᆫᄂ 듯 닛ᄂ 듯 숨거니 뵈거

니 가거니 머물거니 어즈러온 가온디 일홈는 양후야 하늘도 젓티
아녀 웃독이 셧는 거시 추월산(秋月山) 머리 짓고 용구산(龍龜山) 몽
선산(夢仙山) 불대산(佛臺山) 어등산(魚登山) 용진산(湧珍山) 금성산
(錦城山)이 허공(虛空)에 버러거든 원근(遠近) 창애(蒼崖)의 머믄 것
도 하도 할샤.

흰구름 브흰 연하(煙霞) 프로니는 산람(山嵐)이라. 천암(千巖) 만학(萬
壑)을 제 집으로 삼아 두고 나명셩 들명셩 일히도 구는지고. 오르거니
느리거니 장공(長空)의 써나거니 광야(廣野)로 거너거니 프르락 블그
락 여트락 디트락 사양(斜陽)과 섯거디어 세우(細雨)조츠 뿌리는다.

남여(藍輿)를 비야 트고 솔 아리 구븐 길로 오며 가며 후는 적의 녹
양(綠楊)의 우는 황앵(黃鶯) 교태(嬌態) 겨워 후는고야. 나모 새 주주
지어 녹음(綠陰)이 얼린 적의 백척(百尺) 난간(欄干)의 긴 조으름 내
여 펴니 수면(水面) 양풍(涼風)야 긋칠 줄 모르는가.

즌 서리 싸딘 후의 산 빗치 금수(錦繡)로다. 황운(黃雲)은 또 엇디 만
경(萬頃)에 펴겨 디오. 어적(漁笛)도 흥을 계워 둘룰 쪼롸 브니는다.

초목(草木) 다 진 후의 강산(江山)이 미몰커늘 조물(造物)리 헌ᄉᆞ호야
빙설(氷雪)로 ᄭᅮ며 내니 경궁요대(瓊宮瑤臺)와 옥해은산(玉海銀山)이

안저(眼底)에 버러셰라. 건곤(乾坤)도 가음열샤 간 대마다 경이로다.

인간(人間)을 써나와도 내 몸이 겨를 업다. 이것도 보려 ᄒ고 져것도 드르려코 ᄇᄅᆷ도 혀려 ᄒ고 ᄃ달도 마즈려코 밤으란 언제 줍고 고기란 언제 낙고 시비(柴扉)란 뉘 다드며 딘 곳츠란 뉘 쓸려뇨. 아츰이 낫브거니 나조히라 슬흘소냐. 오ᄂᆯ리 부족(不足)커니 내일(來日)리라 유여(有餘) ᄒ랴. 이 뫼ᄒᆞᆯ 안자 보고 뎌 뫼ᄒᆞᆯ 거러 보니 번로(煩勞)ᄒᆞᆫ ᄆᆞᄋᆞᆷ의 ᄇᆞ릴 일이 아조 업다. 쉴 사이 업거든 길히나 젼ᄒᆞ리야. 다만 흔 청려장(靑藜杖)이 다 므듸여 가노미라.

술이 닉어거니 벗지라 업슬소냐. 블ᄂᆡ며 ᄐᆞ이며 혀이며 이아며 온가짓 소ᄅᆡ로 취흥(醉興)을 ᄇᆡ야거니 근심이라 이시며 시ᄅᆞᆷ이라 브트시랴. 누으락 안즈락 구브락 져츠락 을프락 ᄑᆞ람ᄒᆞ락 노혜로 놀거니 천지(天地)도 넙고넙고 일월(日月)도 ᄒᆞᆫ가ᄒᆞ다. 희황(羲皇)을 모롤러니 이 적이야 긔로고야 신선(神仙)이 엇더턴지 이 몸이야 긔로고야.

강산풍월(江山風月) 거ᄂᆞ리고 내 백 년(百年)을 다 누리면 악양루(岳陽樓) 상의 이태백(李太白)이 사라오다. 호탕(浩蕩) 정회(情懷)야 이에서 더홀소냐.

이 몸이 이렁 굼도 역군은(亦君恩)이샷다.

조선 전기의 선비 송순은 1533년(중종 28년) 관직을 그만두고 내려와 전남 담양군 봉산면 제월리 제봉산 자락에 정면 3칸, 측면 2칸의 팔작지붕 목조 기와집을 짓고는 면앙정이라 이름 짓고 자신의 호도 면앙이라 하였습니다. 송순은 말년에 면앙정에서 퇴계 이황 등 유명 인사들과 학문에 대해 토론하였으며 고봉 기대승, 제봉 고경명, 백호 임제, 송강 정철 등 훌륭한 후학을 길러 냈습니다. 당대의 명기이자 뛰어난 시조 작가인 황진이와 신분과 나이를 뛰어넘어 교류한 것으로도 유명합니다. 면앙정은 규모는 작으나 역사적, 문학적 가치는 작다고 할 수 없는 중요한 건축물입니다.

 **핵심 정리**

- 형식: 양반 가사, 은일 가사
- 연대: 조선 중종 때
- 출전: 『면앙집』
- 성격: 사색적, 전원적, 고유어를 사용하여 우리말의 아름다움을 잘 살림
- 주제: 강호가도와 임금의 은혜에 대한 감사
- 의의: 강호가도를 확립한 작품, '상춘곡'의 전통을 이어 정철의 가사에 내용과 표현에 많은 영향을 줌

# 관동별곡

## 정철의 강원도 예찬

정철

'가사 문학의 대가'로 불리는 송강 정철은 가사와 시조 등 많은 작품을 남기며 뛰어난 문학성을 증명한 작가입니다. 그 모습과 달리 조선 붕당 정치 시절 서인의 우두머리였던 정치인 정철은 날카롭고 공격적인 정치 성향 때문에 동인의 요주의 인물이었습니다. 활발하게 정치 활동을 펼치던 정철도 정치적으로 거센 공격을 받아 관직을 잠시 내려놓았던 기간이 있었습니다. 그때 그는 자신의 마음의 고향인 창평에서 시간을 보내곤 했습니다.

정철의 학식과 인물됨을 높이 샀던 선조는 정철을 다시 불러 강원도 관찰사로 임명합니다. 예상치 못하게 높은 벼슬을 받은 정철은 자신이 부임한 강원도의 대표적 절경인 금강산과 관동 팔경을 유람하며 선조에 대한 감사한 마음을 담아 '관동별곡'을 짓게 됩니다. '관동별곡'은 조선의 3대 가사 작품으로 꼽힙니다.

자연을 사랑하는 마음이 깊어
죽림에서 지내고 있었더니
임금께서 관동 팔백 리 방면의 임무를 맡기시니
아, 성은이 갈수록 끝이 없다.

당파 싸움으로 인해 마음의 고향 창평에 내려온 정철은 관동별곡
의 첫 구절에서 자신이 자연을 너무나 사랑해서 내려왔다고 표현
하고 있습니다. 반면 그다음 구절에서 선조가 강원도 관찰사로 임
명하자 성은이 망극하다며 감격을 표합니다. 이는 창평에 내려온
것이 단지 자연을 좋아하기 때문이 아니라 관직에서 쫓겨나듯 물
러난 것임을 은근히 드러낸 것입니다.

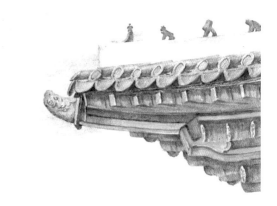

연추문으로 달려 들어가 임금을 만나고

경회 남문을 바라보며

하직 인사를 하고 물러나오니 옥절*이 앞에 서 있구나.

정철이 궁궐로 들어가 관찰사에 임명되는 과정은 '죽림', '연추문', '경회 남문', '옥절' 등의 시어로 간략하게 표현됩니다. 이렇게 시상을 단어로 압축하여 표현하는 것은 정철 문학의 특징입니다.

---

\* 기다란 부절을 부러뜨려 맞추어 보던 신표. 관찰사에게 임명장으로 주던 부절은 옥으로 만들어서 옥절이라 함.

평구역에서 말을 갈아타고 흑수를 돌아 들어가니,
섬강은 어디인가? 치악이 여기로구나.
소양강 내리는 물이 어디로 흘러든단 말인가?
임금님의 곁을 떠난 외로운 신하가 백발이 많기도 많구나.

이제부터 부임지인 강원도로 향하는 여정이 시작됩니다. 치악산
은 원주에 있는 산입니다. '은혜 갚은 까치' 이야기가 전해지는 산
이지요. 원주로 들어가기 바로 전에는 섬강이 있는데 섬강은 흘러
내려 남한강으로 합쳐집니다. 소양강은 섬강의 더 북쪽에서 흐르
는 강으로 나중에 북한강이 됩니다. 남한강과 북한강이 모이면 한
강이 되지요. 정철은 섬강을 바라보며 섬강과 이어지는 남한강, 북
한강, 한강을 상상하며 한강 끝에 있는 임금을 생각하고 있습니다.
시골에 은거하던 자신을 불러내어 관직을 내어 준 임금에게 감사
한 마음을 표하는 것이지요.

동주에서 밤을 겨우 새우고 나서 북관정에 올라가니,
삼각산 제일봉이 잘하면 보일 것 같구나.
궁왕 대궐 터에 까마귀와 까치가 지저귀니,
천고의 흥망을 아느냐 모르느냐?

동주는 지금의 철원입니다. 산 위 높은 곳에 있는 북관정에 오르니 정철의 눈에는 저 멀리 임금님이 계신 궁궐이 보이는 듯합니다. 앞부분에 이어 이곳에서도 임금님에 대한 사랑을 노래합니다.

동주는 예전에 후고구려를 건국한 궁예의 대궐터가 있던 곳입니다. 예전의 영화는 간데없고 주춧돌 몇 개와 일부만 남은 궁궐의 계단 등 폐허가 된 대궐터에는 까마귀와 까치만 뒤섞여 놀고 있습니다. 폐허만 남은 궁예의 대궐터를 본 정철은 인생의 무상함을 느끼는 듯합니다.

회양 네 이름이 중국의 회양과 마침 같구나.
이곳 회양에서 나, 정철이 열심히 하면
급장유의 모습을 다시 보게 되지 않겠는가?

회양이라는 평화로운 고을을 보며 정철은 중국에 있는 회양과 이름이 같다는 것을 떠올립니다. 중국의 급장유란 관리가 회양에 선정을 베풀어서 백성들이 편안했던 것을 생각하며 자신도 급장유처럼 백성을 위해 좋은 정치를 하겠다고 결심합니다. 정철의 애민사상과 목민관으로서의 포부가 잘 드러납니다.

감영 안이 별일 없이 무사하고 시절은 삼월인데,
화천 시내 길이 풍악으로 뻗어 있다.

감영은 관찰사가 업무를 보는 관청의 이름입니다. 정철은 철원에
서 한 결심처럼 자신이 맡은 영내가 별탈이 없고 날씨 좋은 봄이
오자 금강산에 가기로 마음먹습니다. 금강산을 부르는 이름이 봄
은 금강, 여름은 봉래, 가을은 풍악, 겨울은 개골이라, 이 구절에서
는 금강이라 불러야 맞습니다. 당대 최고의 지식인이었던 정철이
이것을 몰랐을 리 없습니다. 풍요롭고 아름다운 가을 산의 절경에
봄의 금강산을 빗대어 표현했다고 해석할 수 있습니다.

행장을 다 떨치고 돌 오솔길에 지팡이를 짚어
백천동을 옆에 두고 만폭동으로 들어가니,
은 같은 무지개, 옥 같은 용의 꼬리
섞여 돌며 뿜는 소리 십 리까지 퍼져 있으니,
멀리서 들을 때는 우레 같더니
가까이서 보니 눈이 내리는 것 같구나.

이제부터 본격적인 금강산 기행이 펼쳐집니다. 첫 번째로 정철이
들른 곳은 만폭동입니다. 이 구절에서 폭포와 폭포 주변의 모습은
다양한 수사법으로 표현됩니다. 폭포의 포말로 인해 폭포 주변에
뜬 무지개를 은으로, 폭포의 모습을 용의 꼬리와 하얀 눈으로 표현
하는 등 절묘한 비유와 대구를 사용함으로써 이 작품의 뛰어난 문
학성이 드러납니다.

금강대 맨 위층에 선학이 새끼를 기르고
봄바람이 마치 옥피리 소리 같아 막 든 잠을 깨우는데,
하얀 저고리와 검은 치마를 입은 것 같은 학이
허공에 치솟아 뜨니,
서호의 옛 주인을 반겨서 노니는 듯.

만폭동 다음으로 도착한 곳은 금강대입니다. 금강대는 커다란 바위 같은 절벽이 높이 솟은 모양입니다. 사람의 손이 닿지 않은 금강대 위에는 날개 끝이 까만 학이 새끼를 기르고 있습니다. 학이 날개를 접고 있으면 날개의 까만 부분이 마치 검은 치마 같아 보이기 때문에 하얀 저고리와 검은 치마, 즉 호의현상縞衣玄裳이라고 표현했습니다. 정철은 학이 날아와 자신을 반기는 것 같다고 생각하며 서호라는 호수 근처에 살던 중국의 유명한 은거 시인인 임포를 떠올립니다. 임포는 학과 매화를 무척 사랑해서 학도 그를 알아보고 외출했다 돌아오는 임포를 보면 반가워서 그 주변을 날아다녔다고 합니다. 정철은 중국의 유명한 선비와 자신을 동일시하고 있습니다.

소향로 대향로 눈 아래 굽어보고

정양사 진헐대 다시 올라앉으니

여산의 진면목이 여기서 다 보이는구나.

아, 조물주의 솜씨가 화려하기도 화려하구나.

날거든 뛰지 말고 서 있거든 솟지 말지,

부용꽃을 꽂아 놓은 듯, 백옥을 묶어 놓은 듯,

동해를 박차는 듯, 북극성을 떠받치는 듯.

높기도 한 망고대, 외롭기도 한 혈망봉이

하늘에 치밀어 무슨 일을 아뢰려고,

천만 겁*이 지나도록 굽힐 줄을 모르느냐?

아, 너로구나. 너 같은 이 또 있겠는가?


높이 솟은 정양사 진헐대에서 보는 경치가 너무나 아름답습니다. 정철은 이 부분에서 노래하기를 중국에서 가장 아름답다는 여산의 진정한 모습이 이곳에 다 있다고 했습니다. 앞서 만폭동에서 보여 준 비유와 대구를 사용하여 진헐대에서 바라보는 망고대와 혈망봉의 아름다운 경치를 노래합니다.

---

* 불교에서 어떤 시간의 단위로도 계산할 수 없는 무한히 긴 시간을 뜻하는 말.

개심대에 다시 올라 중향성을 바라보며
만이천 봉을 넉넉히 헤아려 보니,
봉우리마다 맺혀 있고, 산 끝마다 서린 기운
맑거든 깨끗하지나 말고, 깨끗하거든 맑지나 말지,
저 기운 흩어 내어 인걸을 만들고 싶구나.
모양도 끝이 없고, 모습도 많기도 많구나!
천지가 생겼을 때 자연히 만들어졌겠지만
이제와 보게 되니 뜻이 많기도 많은 것 같구나.

개심대에 오른 정철은 수많은 봉우리와 산 끝에 서린 맑고 깨끗한
기운을 모아 인재를 만들고 싶다는 생각을 합니다. 당시 서인의 대
표였던 정철은 당파 싸움의 한가운데에 있었기 때문에 동인의 공
격을 받았고 자신 역시 치열하게 정치에 임했습니다. 그렇기에 아
름다운 금강산을 보니 깨끗한 인재들을 모아 좋은 정치를 하고 싶
다는 생각이 들었을 것입니다.

비로봉 꼭대기에 올라 본 사람 그 누구신가?

동산 태산과 비교하면 어디가 더 높던가?

노국이 좁은 줄도 우리는 모르는데,

공자님은 넓고도 넓은 천하를

어찌하여 좁다고 했단 말인가?

아, 공자님의 경지를 어찌하면 알 것인가?

오르지 못할 것이니 내려가는 것이 이상하겠는가?


비로봉에 오른 정철은 공자의 호연지기를 찬양하고 있습니다. 공자는 전국 시대 때 노나라 사람이었습니다. 공자는 노나라에서 가장 높다는 동산에 올라서 "동산에 올라 보니 노국이 참으로 좁구나"라고 했고, 천하에서 가장 높다는 태산에 올라서는 "천하가 참으로 좁구나"라고 말했습니다. 정철은 "노국이 좁은 줄도 모르는데 어찌 천하가 좁은 줄 알겠는가?"라며 공자의 높은 기상을 찬양합니다. 정철은 유학자였기 때문에 유교의 창시자이자 성인인 공자를 향한 존경심을 드러낸 것입니다.

원통골 좁은 길로 사자봉을 찾아가니,
그 앞의 너럭바위 화룡소가 되었구나.
골짜기가 굽어져 내리는 것이
천년 노룡이 굽이굽이 서려 있어
밤낮으로 흘러내려 푸른 바다에 어어져 있으니,
풍운을 언제 얻어 삼일우를 내리려는가?
그늘진 언덕에 시든 풀을 다 살려 내자구나.


정철은 사자봉을 찾아가는 길에 신비한 분위기의 화룡소를 보게
됩니다. 말 그대로 '용이 되는 연못'이라는 뜻의 화룡소를 보며 용
이 계곡 굽이굽이 서려 있는 것 같다고 생각합니다. 당시 사람들은
용이 천지조화를 부릴 수 있고 특히 비를 내리는 존재라고 생각했
습니다.

대표적인 농경 사회였던 조선에서 비를 내리는 용은 숭배의 대상
이었습니다. 이곳에서 정철은 삼일 동안 비를 내려 그늘진 곳의 시
든 풀 같은 불쌍한 백성들을 모두 살려 내고 싶다고 생각합니다.
앞서 철원의 북간정에서 급장유처럼 선정을 하겠다는 다짐과 일
맥상통하는 애민 사상이 드러납니다.

마하연 묘길상 안문재를 넘어 내려가
외나무 썩은 다리를 건너 불정대 올라가니,
천 길이나 되는 절벽을 허공에 세워 두고
은하수 큰 굽이를 마디마디 베어 내어
베어 낸 마디를 실같이 풀어서 베처럼 걸었으니,
지도에는 열두 굽이라고 되어 있으나
내가 보기엔 더 많은 것 같다.
이태백이 지금 있어서 다시 의논하게 되면,
여산이 여기보다 아름답다는 말을 못 할 것이다.

불정대에서 바라본 이곳은 십이폭포입니다. 위에서부터 길게 내려오면서 여러 층을 이루는 장관이 얼마나 아름다운지 중국의 전설적인 시인 이태백이 와서 봐도 그가 세상에서 가장 아름답다고 노래한 여산이 여기보다 아름답다고는 하지 못할 것이라 확신합니다.
밤하늘의 은하수를 잘게 잘라 실을 풀듯 풀어서 절벽에 베 폭을 펼치듯 펼쳐 놓았다고 표현합니다. 정철의 참신한 문학적 상상력이 여지없이 드러나는 구절입니다.

산속만 계속 보랴? 동해로 가자꾸나.

뚜껑 없는 가마를 타고 천천히 걸어 산영루에 올라가니,

영롱한 계곡물과 여러 마리 새소리는 이별을 원망하는 듯,

이제 금강산 기행을 끝내고 관동 팔경 여정을 시작하려고 합니다. 금강산의 마지막 여행지인 산영루에 오른 정철은 계곡물과 산새들이 자신과 헤어지는 것을 아쉬워하는 것 같다고 생각합니다. 정철은 이곳에서 계곡물과 산새에 감정을 이입하여 금강산 기행의 마지막을 아쉬워합니다.

관찰사의 깃발을 휘날리니 오색이 넘실거리는 듯,
북과 피리를 치고 부니 바다의 구름이 다 걷히는 듯,
맑은 모랫길이 익숙한 말이 취한 신선을 비스듬히 실어
바다를 옆에 두고 해당화 밭으로 들어가니,
갈매기야 날지 마라 네 벗인 줄 아느냐?

이번에는 관찰사를 상징하는 화려한 색깔의 깃발을 휘날리며 동해안으로 들어왔습니다. 관찰사는 당시 대단히 높은 벼슬이었기에 이렇게 위풍당당한 모습으로 풍류를 즐길 수 있었습니다. 정철은 술과 자연에 취해 자신을 신선이라 말하며 갈매기에게 말을 건넵니다. 도교적 신선 사상이 드러나는 구절입니다. 지금부터 관동 팔경 기행이 시작됩니다.

금난굴 돌아 들어가 총석정에 올라가니,
백옥루* 남은 기둥 다만 네 개가 서 있구나.
공수가 만든 작품인가? 귀신의 도끼로 만들었는가?
구태여 여섯 면으로 만든 것은 무엇을 본뜬 것인가?


강원도 동해안에 있는 여덟 개의 명소를 관동 팔경이라 합니다. 고성 청간정과 삼일포, 강릉 경포대, 삼척 죽서루, 양양 낙산사, 울진 망양정, 통천 총석정, 평해 월송정이 해당되지요. 정철의 기행은 총석정에서부터 시작됩니다. 총석정은 바닷속에서 우뚝 솟아난 바위입니다. 사람이 일부러 깎아 놓은 것처럼 각이 진 기둥 같은 바위와 넘실거리는 파도의 조화가 아름다운 곳이지요. 정철은 자연히 생겼다는 것이 믿기지 않는지 옛날 중국의 전설적인 장인인 공수가 일부러 다듬어 놓은 것 같다고 노래하고 있습니다.

---

\* 옥황상제가 사는 천상의 궁궐. 총석정을 백옥루를 받치는 기둥으로 표현함.

고성을 저만치 두고 삼일포를 찾아가니,
단서는 완연한데 네 명의 신선* 은 어디 갔는가?
여기서 사흘 머문 뒤에 어디 가서 또 머물렀는가?
선유담 영랑호 거기에나 가 있는가?
청간정, 만경대, 또 몇 곳에 앉았던가?

삼일포는 신라 시대에 네 명의 화랑이 신선이 되기 위해 금강산으
로 도를 닦으러 가는 도중에 경치가 너무나 아름다워 사흘간 머물
렀다는 곳입니다. 신선이 되려는 사람들도 잡아 둘 만큼 아름다운
곳이었나 봅니다. 삼일포 주변에는 네 명의 화랑 중 한 명인 영랑
의 이름을 딴 영랑호와 청간정, 만경대 등이 있습니다. 정철은 예
로부터 여러 화가들이 그림으로 남긴 청간정이라는 유명한 정자
에 올라 신라의 네 화랑을 생각하고 있습니다.

---

* 　신라 시대 영랑(永郎), 술랑(述郎), 남랑(南郎), 안상(安詳) 등 네 명의 화랑. 금강산
으로 도를 닦으러 들어가서 신선이 되었다고 한다.

이화는 벌써 지고, 접동새가 슬피 울 때,
낙산 동쪽으로 가서 의상대에 올라앉아,
해돋이를 보려고 밤중쯤 일어나니,
상서로운 구름이 피어나는 듯,
여섯 마리 용이 하늘을 떠받치는 듯.

이화(배꽃)가 질 무렵이니 이제 봄도 저물어 갑니다. 정철은 낙산 동쪽에 있는 신라 시대 고승인 의상대사가 지었다는 의상대에 올라 해돋이를 보려고 한밤중에 일어나 해가 뜨기를 기다립니다. 해가 바다 끝에서 막 솟아오르려는 모습을 '여섯 마리 용이 떠받치는 듯'하다는 현란한 표현으로 묘사하고 있습니다.

해가 바다를 떠날 때는 온 세상이 일렁이더니
하늘 위에 치솟아 뜨니 가는 털도 헤아리겠구나.
아마도 지나는 구름이 근처에 머물까 두렵구나.
이태백은 죽고 없는데 그 시구만 남아 있구나.
천지간의 장엄한 기별을 자세히도 알려 주는구나.

이제 해가 완전히 떠서 가느다란 털도 구분할 수 있을 정도로 밝아
졌습니다. 밝게 떠오른 해를 보면서 정철은 해가 구름에 가려질 것
을 걱정합니다. 해는 임금님을 의미합니다. 구름은 임금의 총명을
가리는 간신들입니다. 이태백의 시에도 '뜬구름이 해를 가린다'는
표현이 있기에 이제 이태백은 죽고 없지만 그가 남긴 시구는 남았
다고 노래합니다.

석양 무렵 현산의 철쭉이 핀 길을 잇달아 밟아,
우개지륜을 타고 경포로 내려가니,
십 리 정도 되는 둥근 얼음을 다리고 다시 다려
큰 소나무가 울창한 속에 실컷 펼쳐져 있으니,
물결이 잔잔하기도 잔잔하여
모래를 헤아릴 수 있을 것 같구나.

정철은 이제 수레를 타고 강릉에 있는 경포호로 가려고 합니다.
'우개지륜'은 깃털로 지붕을 만든 수레라는 뜻이지만 조선 시대에
는 수레를 타던 문화가 없었기 때문에 단지 자신이 탄 가마를 비유
적으로 표현하여 신선과 동일시하려는 것이라 추측할 수 있습니
다. 이전 구절에서 자신을 '취선(술에 취한 신선)'이라고 표현한 것
과 같은 의도입니다. 석양 무렵 가마를 타고 철쭉이 핀 산을 내려
오면서 멀리 보이는 경포호의 모습이 얼마나 크고 잔잔했는지, 지
름이 십 리나 되는 얼음을 다리미로 다린 것 같다고 표현합니다.

배 한 척을 풀어서 정자 위에 올라가니,

강문교 넘은 옆에 대양이 거기로다.

조용하구나 저 기상, 넓고도 멀구나 저 경계,

이보다 더 가진 곳이 또 어디 있단 말인가?

홍장 고사를 야단스럽다 할 것이로다.

경포호에 도착한 정철은 배를 한 척 풀어서 호수 가운데 있는 정자
에 올라갑니다. 지금도 경포호에 가면 호수 가운데 정자가 있습니
다. 가운데 솟은 커다란 바위 위에 정자를 지어 놓은 것이지요. 경
포호와 이 정자에는 고려 말 홍장이란 기생과 관련된 고사가 전해
지는데 정자에 오른 정철은 조용한 경포호의 분위기에 비해 홍장
의 고사는 소란스럽다고 생각합니다.

강릉 대도호부의 풍속이 좋기도 하구나.

충신과 효자, 열녀를 기리는 문이 고을마다 널려 있으니,

비옥가봉*이 이제도 있다 하겠다.

* 집집마다 벼슬을 내려 준다는 뜻으로 중국 상고 시대 태평성대를 이루었다는 요순 시대의 사람들이 모두 착하고 어질어서 백성 모두에게 벼슬을 줄 만했다는 데서 유래되었다.

경포대를 둘러본 정철이 강릉의 마을에 들어가니 충신과 효자, 열
녀를 기리는 많은 기념물들이 있는 것을 보고 강릉 사람들은 요순
시대처럼 모든 집에 벼슬을 줄 만하다는 생각을 합니다.

진주관의 죽서루 오십천에 흘러내린 물이
태백산의 그림자를 동해로 담아 흘러가니,
차라리 한강의 목멱산에 닿게 하고 싶다.

오십천이 흐르는 강변에 세워진 죽서루는 아름다운 자태와 주변
의 경관으로 인해 '관동제일루'라고 불립니다. 죽서루에 오른 정철
은 오십천의 맑은 물에 태백산의 그림자가 비친 것을 보고 이 아름
다운 경치를 한양에 있는 임금님에게도 보여 드릴 수 있다면 좋겠
다고 생각합니다. 오십천은 동해 쪽으로 흘러가지만 서쪽으로 흘
러서 한양에 있는 목멱산(지금의 남산)까지 통했으면 좋겠다는 생
각을 하며 저 멀리 한양의 궁궐을 떠올립니다.

관리의 임기는 기한이 있고,
풍경은 싫지도 밉지도 않으니
마음속 깊은 시름이 많기도 많구나,
나그네의 시름도 둘 데 없다.
신선의 뗏목을 떠워 내어 북두성, 견우성으로 향해 갈까?
신선을 찾으러 동굴에 머물러 살까?

정철은 지금까지의 여정에서 보아 온 아름다운 경치가 대단히 좋
았나 봅니다. 결국 관리로서의 임무와 여행을 계속하고 싶은 마음
사이에 갈등이 생겼습니다. 마음에 이런 갈등을 품고 객지에서 생
활하니 누구에게도 말하기 어려운 시름이 생겨나 괴롭습니다. 결
국 상상력이 풍부한 시인 정철은 신선이 타는 뗏목을 타고 하늘로
올라갈까, 신선이 살았다는 동굴을 찾아가서 신선이 될까 상상합
니다.

하늘 끝을 끝내 보지 못하여 망양정에 올라가니,
바다 밖은 하늘인데, 하늘 밖은 무엇인가?
가뜩이나 노한 고래 누가 놀라게 하길래
불기도 하고 뿜기도 하며 어지럽게 구는 것인가?
은산을 깎아 내어 온 세상에 내리는 듯,
오월 하늘에 백설이 무슨 일인가?

바닷가 절벽 위에 세워진 망양정에 도착했습니다. 망양정에 올라 '드넓은 바다와 그 바다의 끝에 있는 하늘이 있다면 과연 하늘 밖은 도대체 어디인가'라고 생각합니다. 정철의 상상력은 바다 위 하늘과 하늘 너머까지 이르고 있습니다. 망양정에서 바라본 바다의 파도가 무척 거세었던지 파도를 성난 고래라 표현하며 부서지는 하얀 포말을 오월 하늘에 눈이 내린다고 노래합니다.

어느덧 밤이 되어 풍랑이 조용히 가라앉았거늘,
부상* 바로 앞에서 명월을 기다리니,
상서로운 천길 달빛이 보이는 듯 숨는구나.

어느덧 밤이 되어 파도가 잦아들고 정철은 달이 뜨기를 기다립니
다. 그러나 구름이 끼어 달빛이 보일 듯 말 듯 합니다.

* 해가 뜨는 동쪽 바다.

주렴*을 다시 걷고 계단을 다시 쓸며,
계명성이 돋도록 꼿꼿하게 앉아 바라보니
하얀 연꽃 같은 달을 누가 보내셨는가?
이렇게 아름다운 세상 남들에게도 다 보여 주고 싶다.

정철은 구름이 걷히고 새벽에 뜨는 별인 계명성(샛별)이 뜰 때까지 기다립니다. 곧 구름이 걷히고 큰 연꽃 같은 달이 하늘의 선물처럼 떠올랐습니다. 아름다운 달을 보고 감동한 정철은 이 달을 다른 사람들에게도 보여 주고 싶습니다. 아마도 높은 지위에 있는 목민관으로서 백성을 생각하는 마음이 드러난 것일 테지요.

* 구슬을 꿰어 만든 발.

유하주 가득 부어 달에게 묻는 말이,
영웅은 어디 갔으며 네 명의 신선은 그 누구인가?
아무나 만나 보아 옛 소식을 묻고자 하니,
선산이 있다는 동해로 갈 길이 멀기도 하구나.

아름다운 달을 보며 정철은 시선이라 불리며 달을 사랑하던 영웅 이태백과 신선이 되려고 떠난 네 명의 화랑이 지금 어떻게 되었는지 궁금합니다. 그러다 자신이 진정한 신선이 되는 길은 너무나 멀다고 생각합니다.

소나무 뿌리를 베고 누워 풋잠이 얼핏 드니,

꿈에 한 사람이 나에게 이르는 말이

"그대를 내가 모르겠는가?

그대는 하늘의 진짜 신선이라.

황정경* 한 글자를 어찌 잘못 읽어서,

인간 세상에 내려와서 신선을 따르는가?

잠깐만 가지 말고 이 술 한잔 먹어 보오."

항상 신선 같이 되길 원하고 있던 정철이라 그동안의 여행에 지쳐 잠깐 잠이 든 정철에게 신선이 나타나 말합니다.

"그대는 원래 하늘나라의 신선이었소. 한순간의 실수로 옥황상제 앞에서 황정경 한 글자를 잘못 읽어 인간 세상으로 쫓겨났는데, 원래 신선이었던지라 내려와서도 신선의 삶을 못 잊고 있는 것이오. 이렇게라도 만났으니 술이라도 한잔 같이 합시다."

---

* 도가(道家)에서 신선이 읽는 책. 하늘에 황정이라는 뜰이 있어 신선들이 그곳에서 옥황상제를 모시고 황정경이란 경전을 돌아가며 읽는데 이때 글자 한 자를 잘못 읽으면 옥황상제에게 벌을 받아 인간 세계로 귀양 오게 된다. 귀양 온 신선을 적선(謫仙)이라 부르는데 예전부터 이태백을 일컬어 적선이라고 하였다. 정철이 자신을 이태백과 동일시하는 표현이다.

북두성 기울여 창해수를 따라 내어

저도 먹고 나도 먹이거늘 서너 잔 기울이니,

따뜻한 기운이 산들산들 불어와 양 겨드랑이를 추켜드니,

구만 리 하늘을 여차하면 날리로다.

이 술 가져다가 온 세상에 골고루 나눠 주어,

억만창생을 다 취하게 만든 후에,

그제야 다시 만나 또 한잔하자꾸나.

옛날 사람들은 북두칠성의 국자 머리 부분에 신선들이 먹는 창해
수라는 술이 들어 있다고 상상했습니다. 이 창해수를 꿈에 나타난
신선이 정철에게 권하고 있습니다. 신선이 먹는 술이라 그런지 술
기운이 돌자 점점 몸이 가벼워지는 것 같고 하늘을 날 것 같은 기
분이 듭니다. 기가 막히게 좋은 기분이 들자 백성에 대한 애정이
깊은 정철은 이렇게 좋은 창해수를 온 백성에게 모두 나누어 주고
싶은 마음이 듭니다.

말이 끝나자 학을 타고 하늘로 올라가니
공중에 옥피리 소리 어제인가, 그제인가?

정철의 말이 끝나자마자 신선은 학을 타고 옥피리를 불며 하늘로
올라갑니다. 꿈에서 막 깨어나는 중인 정철은 하도 생생해서 꿈에
서 들리던 피리 소리가 아직도 들리는 것 같고 이 광경이 꿈인지
생시인지, 어제 일인지 그저께 일인지 헷갈립니다.

나도 잠을 깨어 바다를 굽어보니,
깊이를 모르는데, 끝을 어찌 알겠는가?
명월이 천산만락에 아니 비친 곳 없다.

이제 꿈에서 완전히 깨어나 정신이 든 정철은 이 모든 것을 임금님
의 은혜라 생각합니다. 자신을 관찰사로 보내 준 임금님의 은혜 덕
분에 이렇게 좋은 경치를 볼 수 있었고 좋은 꿈도 꾸었습니다. 바
다의 깊이보다 큰 은혜입니다. 임금의 은혜가 밝은 달처럼 온 세상
을 비춥니다.
관동별곡 마지막 행의 음수율이 '3·5·4·3'인 것은 시조의 종장과
꼭 같습니다. 이런 가사를 정격 가사라 합니다.

# 관동별곡(關東別曲)

정철

강호(江湖)애 병(病)이 깁퍼 듁님(竹林)의 누엇더니, 관동팔빅니 (關東八百里)에 방면(方面)을 맛디시니, 어와 셩은(聖恩)이야 가디 록 망극(罔極)ᄒ다. 연츄문(延秋門) 드리다라 경회남문(慶會南門) ᄇ라보며, 하직(下直) 하고 믈너나니 옥졀(玉節)이 알픠 셧다.

평구역(平丘驛) 믈을 ᄀ라 흑슈(黑水)로 도라드니, 셤강(蟾江)은 어듸메오, 티악(雉岳)이 여긔로다. 쇼양강(昭陽江) ᄂ린 믈이 어드 러로 든단 말고. 고신(孤臣) 거국(去國)에 빅발(白髮)도 하도 할샤. 동쥐(東州) 밤 계오 새와 븍관뎡(北寬亭)의 올나ᄒ니, 삼각산(三角 山) 뎨일봉(第一峯)이 ᄒ마면 뵈리로다. 궁왕(弓王) 대궐(大闕) 터 희 오쟉(烏鵲)이 지지괴니, 쳔고(千古) 흥망(興亡)을 아는다, 몰ᄋ 는다. 회양(淮陽) 녜 일홈이 마초아 ᄀ틀시고. 급댱유(汲長孺) 풍 치(風彩)를 고텨 아니 볼 게이고.

영듕(營中)이 무ᄉ(無事)ᄒ고 시졀(時節)이 삼월(三月)인 제, 화쳔 (花川) 시내길히 풍악(風岳)으로 버더 잇다. 힝장(行裝)을 다 썰티 고 셕경(石逕)의 막대 디퍼, 빅쳔동(百川洞) 겨틱 두고 만폭동(萬瀑 洞) 드러가니, 은(銀) ᄀ튼 무지게, 옥(玉) ᄀ튼 룡(龍)의 초리, 섯돌며 뿜는 소리 십 리(十里)의 자자시니, 들을 제는 우레러니 보니는 눈이로다. 금강디(金剛臺) 맨 우(層)층의 션학(仙鶴)이 삿기 치니 츈풍(春風) 옥뎍셩(玉笛聲)의 첫줌을 씨돗던디, 호의현샹(縞衣玄裳)이 반공(半空)의 소소 쓰니, 셔호(西湖) 녯 쥬인(主人)을 반겨셔 넘노는 듯.

쇼향노(小香爐) 대향노(大香爐) 눈 아래 구버보고, 졍양ᄉ(正陽寺) 진헐디(眞歇臺) 고텨 올나 안준마리, 녀산(廬山) 진면목(眞面目)이 여긔야 다 뵈ᄂ다. 어와, 조화옹(造化翁)이 헌ᄉ토 헌ᄉ홀샤. 늘거든 ᄲᅱ디 마나, 셧거든 솟디 마나. 부용(芙蓉)을 고잣는 듯, ᄇᆡᄀ옥(白玉)을 믓것는 듯, 동명(東溟)을 박츠는 듯, 북극(北極)을 괴왓는 듯. 놉흘시고 망고디(望高臺), 외로올샤 혈망봉(穴望峰)이 하늘의 추미러 무ᄉ 일을 ᄉ로리라 쳔만 겁(千萬劫) 디나드록 구필 줄 모ᄅᆞᆫ다. 어와 너여이고, 너 ᄀᆞᄐ니 또 잇는가. 기심디(開心臺) 고텨 올나 듕향셩(衆香城) ᄇ라보며, 만이쳔 봉(萬二千峯)을 녁녁(歷歷)히 혀여ᄒ니 봉(峰)마다 밋쳐 잇고 긋마다 서린 긔운, 묽거든 조티 마나, 조커든 묽디 마나. 뎌 긔운 흐터 내야 인걸(人傑)을 ᄆᆞᆫ들고쟈. 형용(形容)도 그지업고 톄셰(體勢)도 하도 할샤. 텬디(天地) 삼기실 제 ᄌᆞ연(自然)이 되연마ᄂᆞᆫ, 이제 와 보게 되니 유졍(有情)도 유졍(有情)홀샤.

비로봉(毗盧峰) 샹샹두(上上頭)의 올나 보니 긔 뉘신고. 동산(東山) 태산(泰山)이 어느야 놉돗던고. 노국(魯國) 조븐 줄도 우리는 모르거든, 넙거나 넙은 텬하(天下) 엇찌ᄒ야 젹닷 말고. 어와 뎌 디위를 어이ᄒ면 알 거이고. 오르디 못ᄒ거니 ᄂ려가미 고이ᄒᆯ가. 원통골(圓通)골 ᄀ는 길로 스ᄌ봉(獅子峰)을 ᄎ자가니, 그 알픠 너러바회 화룡(化龍)쇠 되어세라. 천 년(千年) 노룡(老龍)이 구비구비 서려 이서, 듀야(晝夜)의 흘녀 내여 창ᄒᆡ(滄海)예 니어시니, 풍운(風雲)을 언제 어더 삼일우(三日雨)를 디련ᄂ다. 음애(陰崖)예 이온 플을 다 살와 내여ᄉ라.

마하연(磨訶衍) 묘길샹(妙吉祥) 안문(雁門)재 너머 디여, 외나무 써근 ᄃ리 불뎡디(佛頂臺) 올라ᄒ니, 천심졀벽(千尋絶壁)을 반공(半空)애 셰여 두고, 은하슈(銀河水) 한 구비를 촌촌이 버혀 내여, 실ᄀ티 플텨이서 뵈ᄀ티 거러시니, 도경(圖經) 열두 구비, 내 보매ᄂ 여러히라. 니뎍션(李謫仙) 이제 이서 고텨 의논ᄒ게 되면, 녀산(廬山)이 여긔도곤 낫단 말 못 ᄒ려니.

산듕(山中)을 ᄆ양 보랴, 동ᄒᆡ(東海)로 가쟈ᄉ라. 남녀 완보(藍輿緩步)ᄒ야 산영누(山映樓)의 올나ᄒ니, 녕농(玲瓏) 벽계(碧溪)와 수셩뎨됴(數聲啼鳥)ᄂ 니별(離別)을 원(怨)ᄒᄂ 듯, 졍기(旌旗)를 썰디니 오ᄉᆨ(五色)이 넘노ᄂ 듯, 고각(鼓角)을 섯부니 ᄒᆡ운(海雲)이

다 것는 둧. 명사(鳴沙)길 니근 물이 취션(醉仙)을 빗기 시러, 바다 홀 겻틱 두고 히당화(海棠花)로 드러가니, 빅구(白鷗)야 ᄂᆞ디 마라, 네 버딘 줄 엇디 아ᄂᆞᆫ.

금난굴(金蘭窟) 도라드러 총셕뎡(叢石亭) 올나ᄒᆞ니, 빅ㄱ옥누(白玉樓) 남은 기동 다만 네히 셔 잇고야. 공슈(工倕)의 셩녕인가, 귀부(鬼斧)로 다ᄃᆞᆷ던가. 구ᄐᆞ야 뉵면(六面)은 므어슬 샹(象)톳던고. 고셩(高城)을란 뎌만 두고 삼일포(三日浦)ᄅᆞᆯ 츠자가니, 단셔(丹書)ᄂᆞᆫ 완연(宛然)ᄒᆞ되 ᄉᆞ션(四仙)은 어딘 가니, 예 사흘 머믄 후(後)의 어딘 가 쏘 머믈고. 션유담(仙遊潭) 영낭호(永郎湖) 거긔나 가 잇ᄂᆞᆫ가. 청간뎡(淸澗亭) 만경딕(萬景臺) 몃 고딕 안돗던고.

니화(梨花)ᄂᆞᆫ 볼셔 디고 졉동새 슬피 울 제, 낙산동반(洛山東畔)으로 의샹딕(義相臺)예 올라 안자, 일츌(日出)을 보리라 밤듕만 니러ᄒᆞ니, 샹운(祥雲)이 집픠ᄂᆞᆫ 동, 뉵뇽(六龍)이 바퇴ᄂᆞᆫ 동, 바다히 써날 제ᄂᆞᆫ 만국(萬國)이 일위더니, 텬듕(天中)의 티ᄯᆞ니 호발(毫髮)을 혜리로다. 아마도 녈구름 근쳐의 머믈셰라. 시션(詩仙)은 어딘 가고 히타(咳唾)만 나맛ᄂᆞ니 텬디간(天地間) 장(壯)ᄒᆞᆫ 긔별 ᄌᆞ셔히도 홀셔이고.

샤양(斜陽) 현산(峴山)의 텩툑(躑躅)을 므니불와 우개지륜(羽蓋芝

輪)이 경포(鏡浦)로 ᄂᆞ려가니, 십리(十里) 빙환(氷紈)을 다리고 고
텨 다려, 댱숑(長松) 울흔 소개 슬ᄏᆞ장 펴뎌시니, 믈결도 자도 잘샤
모래를 혜리로다. 고쥬(孤舟) ᄒᆞ람(解纜)ᄒᆞ야 뎡ᄌᆞ(亭子) 우희 올나
가니, 강문교(江門橋) 너믄 겨틔 대양(大洋)이 거긔로다. 동용(從容)
ᄒᆞ댜 이 긔샹(氣像), 활원(闊遠)ᄒᆞ댜 뎌 경계(境界), 이도곤 ᄀᆞ존 ᄃᆡ
ᄯᅩ 어듸 잇단 말고. 홍장(紅粧) 고ᄉᆞ(古事)를 헌ᄉᆞ타 ᄒᆞ리로다. 강능
(江陵) 대도호(大都護) 풍쇽(風俗)이 됴흘시고, 졀효졍문(節孝旌門)
이 골골이 버러시니 비옥가봉(比屋可封)이 이제도 잇다 ᄒᆞ다.

진쥬관(眞珠館) 듁셔루(竹西樓) 오십쳔(五十川) 느린 믈이 태빅산
(太白山) 그림재를 동ᄒᆡ(東海)로 다마 가니, 출하리 한강(漢江)의
목멱(木覓)의 다히고져. 왕뎡(王程)이 유혼(有限)ᄒᆞ고 풍경(風景)
이 못 슬믜니, 유회(幽懷)도 하도 할샤, 긱수(客愁)도 둘 ᄃᆡ 업다.
션사(仙槎)를 씌워 내여 두우(斗牛)로 향(向)ᄒᆞ살가, 션인(仙人)을
ᄎᆞᄌᆞ려 단혈(丹穴)의 머므살가. 텬근(天根)을 못내 보와 망양뎡(望
洋亭)의 올은말이, 바다 밧근 하ᄂᆞᆯ이니 하ᄂᆞᆯ 밧근 무서신고. ᄀᆞᆺ득
노흔 고래, 뉘라셔 놀내관ᄃᆡ, 블거니 씀거니 어즈러이 구ᄂᆞᆫ디고.
은산(銀山)을 것거 내여 뉵합(六合)의 ᄂᆞ리ᄂᆞᆫ 듯, 오월(五月) 댱텬
(長天)의 빅셜(白雪)은 므스 일고.

져근넛 밤이 드러 풍낭(風浪)이 뎡(定)ᄒᆞ거늘, 부상(扶桑) 지쳑(咫

尺)의 명월(明月)을 기두리니, 셔광(瑞光) 쳔댱(千丈)이 뵈는 듯 숨
는고야. 쥬렴(珠簾)을 고텨 것고, 옥계(玉階)를 다시 쓸며, 계명셩
(啓明星) 돗도록 곳초 안자 브라보니, 빅년화(白蓮花) 흔 가지를 뉘
라셔 보내신고. 일이 됴흔 세계(世界) 눕대되 다 뵈고져. 뉴하쥬
(流霞酒) ㄱ득 부어 둘드려 무론 말이, 영웅(英雄)은 어듸 가며, 亽
션(四仙)은 긔 뉘러니, 아미나 맛나 보아 녯 긔별 뭇쟈 ᄒ니, 션산
(仙山) 동히(東海)예 갈 길히 머도 멀샤.

숑근(松根)을 볘여 누어 픗줌을 얼픗 드니, 쭘애 흔 사름이 날드려
닐온 말이, 그딕를 내 모르랴, 상계(上界)예 진션(眞仙)이라. 황뎡
경(黃庭經) 일즛(一字)를 엇디 그릇 닐거 두고, 인간(人間)의 내려
와셔 우리를 쭐오는다. 져근덧 가디 마오 이 술 흔 잔 머거 보오.
븍두셩(北斗星) 기우려 챵히슈(滄海水) 부어 내여 저 먹고 날 머겨
늘 서너 잔 거후로니, 화풍(和風)이 습습(習習)ᄒ야 냥익(兩腋)을
추혀 드니, 구만리(九萬里) 댱공(長空)애 져기면 ᄂ리로다. 이 술
가져다가 亽히(四海)예 고로 ᄂ화 억만(億萬) 창싱(蒼生)을 다 취
(醉)케 밍근 후의, 그제야 고텨 맛나 쏘 흔잔ᄒ쟛고야. 말 디쟈 학
(鶴)을 투고 구공(九空)의 올나가니, 공듕(空中) 옥쇼(玉簫) 소리
어제런가 그제런가? 나도 줌을 씌여 바다흘 구버보니, 기픠를 모
ᄅ거니 ᄀ인들 엇디 알리. 명월(明月)이 쳔산만낙(千山萬落)의 아
니 비쵠 딕 업다.

3대 가사 작품으로 꼽히는 '관동별곡', '사미인곡', '속미인곡'은 모두 송강 정철의 작품입니다. 정철은 그야말로 조선 시대 최고의 가사 작가임에 틀림없습니다. '사미인곡', '속미인곡'이 여인을 화자로 앞세워 임금에 대한 충성과 사랑을 노래한 작품이라면 '관동별곡'은 두 작품과는 달리 실제 자신의 여정을 담은 기행 가사입니다.

이 작품은 강원도 관찰사로 부임하게 된 정철이 강원도의 아름다운 지역 곳곳을 둘러보며 느낀 소회를 남긴 작품입니다. 금강산에서부터 시작하여 강원도의 이름난 관동 팔경을 기행하며 자연의 아름다움을 노래하였지요. '관동별곡'은 자연을 즐기는 정철의 철학이 드러나고 시인다운 정서를 담고 있습니다. 더불어 다양한 수사적 표현이 작품성을 더욱 높이고 있습니다.

 **핵심 정리**

- 형식: 양반 가사, 기행 가사, 정격 가사
- 연대: 조선 선조 13년(1580년)
- 출전: 『송강가사』
- 성격: 유교적 충의사상, 애민사상, 도교적 신선사상
- 주제: 대구법, 비유법, 감탄법, 생략법
- 의의: 철학적이고 서정적인 성격의 기행 가사로서 기념비적인 작품

# 사미인곡

정철

죽어서라도 당신을 따르겠습니다

당파 싸움에 휘말려 관직을 내려놓고 은거하던 자신을 잊지 않고 불러 준 선조에게 고마움을 가지고 있던 정철은 '사미인곡'에서 임금에 대한 충절을 여인이 사모하는 마음에 빗대어 표현했습니다. 이 작품은 여성적인 어투와 분위기를 표현하고 있으며 우리말의 아름다움을 생생하게 드러내어 후대 사람들에게 조선 문학을 대표하는 걸작으로 평가받게 됩니다.

정철이 50세 되던 때, 동인과의 당파 싸움으로 관직에서 물러난 뒤 마음의 고향인 창평으로 내려가게 됩니다. 창평에 사 년 동안 머무르면서 정철은 선조에 대한 그리움을 담아 '사미인곡'과 '속미인곡'을 쓰게 되지요. 여기서 미인은 아름다운 여인이 아니라 임금을 가리킵니다. 정철은 이 두 편의 가사에서 임금에 대한 충성심과 사랑을 표현하기 위해 여인을 화자로 내세워 우의적으로 자신의 마음을 표현하고 있습니다.

(서사)

이 몸이 태어날 때에 임을 따라 태어나니,
한평생 살아갈 인연이며 하늘이 어찌 모를 일이던가?
나는 오직 젊고, 임은 오직 나를 사랑하시니,
이 마음과 이 사랑을 비교할 곳이 다시없다.

서사에서는 화자와 임 사이의 깊은 인연에 대해 이야기합니다. 화자는 천상의 여인입니다. 화자는 자신이 임을 위해 태어났다고 생각합니다. 갓난아이에서 어린아이, 소녀가 되어 어머니에게 현명한 사람으로서 갖추어야 할 교육을 받고 임과 혼인할 때까지 자신은 오로지 임을 위해 존재해 왔다고 생각합니다. 임도 나를 사랑하시니 세상에 다시없이 행복한 날들이었습니다.

평생에 원하되 임과 함께 살아가려 하였더니,

늙어서 무슨 일로 외로이 두고 그리워하는고?

엊그제는 임을 모시고 광한전에 올라 있었더니,

그동안에 어찌하여 속세에 내려오니

내려올 때에 빗은 머리, 헝클어진 지 삼 년일세.

연지와 분이 있지만 누구를 위하여 곱게 할까?

마음에 맺힌 근심이 겹겹으로 쌓여 있어서

짓는 것이 한숨이요, 흐르는 것이 눈물이라.

인생은 유한한데 근심은 끝이 없다.


그러나 지금은 예전에 행복하던 시간을 뒤로하고 혼자가 되었습니다. 여인은 옥황상제와 혼인하던 과거를 생각하며 슬픔에 잠겨 있습니다. 관직에서 물러나 궁궐에서 멀리 떨어진 시골에 은둔하여 지내는 처지임에도 여전히 왕을 그리워하는 정철의 마음과 여인의 상황이 꼭 닮았습니다.

무심한 세월은 물 흐르듯 지나가는구나.
더위와 추위가 때를 알아 갔다가 다시 돌아오니,
듣기도 하고 보기도 하고 느낄 일이 많기도 하구나.


여인은 계절이 여름에서 가을로, 또 겨울로 이어지도록 한자리에
풍경이 된 듯 앉아 자신의 신세를 생각하며 근심에 잠겨 있습니다.

(본사)

봄바람이 문득 불어 쌓인 눈을 헤쳐 내니,
창밖에 심은 매화가 두세 가지 피었구나.
가뜩이나 쌀쌀한데 은은한 향기는 무슨 일인가?

이른 봄 아직 눈이 녹지 않은 추운 계절이지만 반가운 매화가 몇
송이 피었습니다. 여인은 언뜻 스치는 매화의 은은한 향이 임의 소
식인 것처럼 반갑습니다.

황혼에 달이 따라와 베갯머리에 비치니,
흐느끼는 듯 반가워하는 듯, 임이신가 아니신가?
저 매화를 꺾어 내어 임 계신 곳에 보내고 싶다.
임이 너를 보고 어떻다고 여기실까?

여인은 차가운 잠자리에 비친 달빛이 혹시나 하늘에서 보낸 임의
소식은 아닐까 생각에 잠깁니다. 창밖에 핀 매화를 꺾어 임에게 보
내면 나인지 아실까 궁금합니다.

꽃잎이 지고 새잎이 나니 녹음이 우거졌는데
비단 휘장은 쓸쓸히 걸렸고,
수놓은 장막만이 드리워져 텅 비어 있다.
연꽃 무늬가 있는 방장*을 걷어 놓고,
공작을 수놓은 병풍을 둘러 두니,
가뜩이나 시름이 많은데, 날은 어찌 이리 긴 것인가?


봄에 피었던 꽃도 지고 이제 밖은 온통 푸른 여름입니다. 아름답게
치장한 방도 임 없이는 쓸쓸하기 이를 데 없습니다. 여름이 찾아와
낮이 길어지니 시름도 깊어집니다.

---

\* 방문이나 창문에 치거나 두르는 휘장.

원앙 무늬 비단을 베어 놓고 오색실을 풀어내어,
금으로 만든 자로 재어서 임의 옷을 지어 내니,
솜씨는 말할 것도 없거니와 격식도 갖추었구나.
산호로 만든 지게 위에 백옥으로 만든 함에 담아 앉혀 두고,
임에게 보내려고 임 계신 곳을 바라보니,

사랑하는 임과 같이 누워야 할 비단 베개와 이불이 혼자가 된 지금
은 필요 없게 되었습니다. 아예 잘라서 임의 옷을 만들어 봅니다.
여인은 정성스레 만든 옷을 백옥함에 담아 산호 지게에 실어서 임
에게 보내고 싶습니다.

산인지 구름인지 멀기도 하구나.
천 리 만 리 길을 누가 찾아갈까?
가거든 열어 두고 나를 보신 듯 반가워하실까?


임을 위해 만든 옷을 백옥함에 담아 산호 지게에 실어 놓았지만 천
리 만 리 머나먼 길에 어떻게 보낼까 걱정입니다. 보냈다 한들 임
이 보시고 반가워나 하실까요.

하룻밤 사이 서리 내리고 기러기 울며 날아갈 때
높은 누각에 혼자 올라 수정 발을 걷으니,
동산에 달이 뜨고 북극성이 보이니,
임이 오신 듯 반가워 눈물이 절로 난다.
맑은 빛을 피워 내어 임이 계신 궁궐에 부치고져.
누각 위에 걸어 두고 온 세상을 비추어
깊은 산골짜기도 대낮같이 환하게 만드소서.


가을이 오니 쓸쓸함이 더해집니다. 정자에 올라 밤하늘에 뜬 달과
북극성을 보니 임의 생각에 나도 모르게 눈물이 저절로 흘러내립
니다. 달과 북극성은 임금님을 상징합니다. 맑은 달빛을 임이 계신
곳에 보내어 높이 매달아 두면 온 세상을 비추겠지요. 그러면 이
골짜기에도 달빛이 닿을 겁니다. 여인은 임이 달빛에 비친 나를 알
아보셨으면 좋겠습니다.

하늘과 땅이 추위에 얼어붙어 백설로 한 빛인데
사람은 물론이거니와 새도 날지 못하고 있다.
소상강 남쪽도 추위가 이러하거늘
북쪽에 임 계신 궁궐이야 더욱 말해 무엇하리?
따뜻한 봄기운을 부쳐 내어 임 계신 곳에 쐬고 싶다.
초가집 처마에 비친 따뜻한 햇볕을
임 계신 궁궐에 올리고 싶다.

화자가 있는 곳은 남쪽인데도 이렇게 추운데 임이 계신 곳은 북쪽
하늘이라 얼마나 추울까 걱정입니다. 따뜻한 햇볕 한 조각을 임 계
신 곳에 올려 보내고 싶다는 화자의 지극한 정성이 드러납니다.

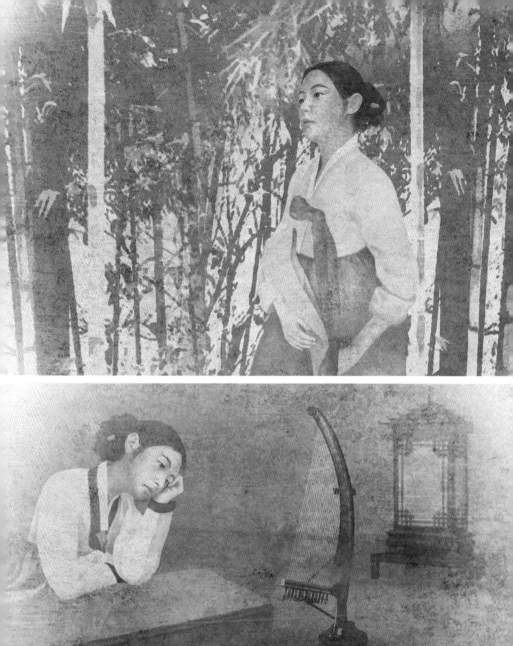

붉은 치마를 여미어 입고
푸른 소매를 반쯤 걷어 저물 무렵
길게 자란 대나무에 기대어 생각함이 많기도 많구나.
짧은 해는 금방 넘어가고 긴 밤을 꼿꼿이 앉아,
청사초롱* 걸어 놓은 옆에
자개로 장식한 공후**를 놓아 두고
꿈에서나 임을 보려고 턱을 바치고 기대어 있으니,
원앙금침이 차기도 차구나. 이 밤은 언제나 샐까?

석양이 아름답게 질 무렵에 대나무에 기대어 있으니 임의 생각이
더욱 간절합니다. 청사초롱이며 공후는 임이 없으니 쓸 일이 없습
니다. 차가운 이부자리를 깔아 놓고 꿈이나 꾸면 임을 볼 수 있을
까 했지만 고민이 많아 잠이 오질 않습니다. 이 긴긴 밤을 어떻게
보낼지 걱정입니다.

* 푸른 천과 붉은 천으로 위아래를 두른 초롱. 일반적으로 혼례식에 사용하였다.
** 하프와 비슷한 동양의 옛 현악기.

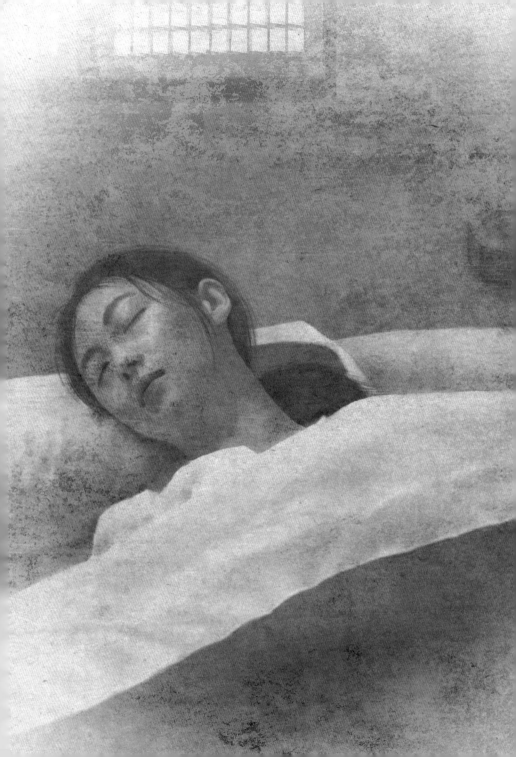

(결사)

하루도 열두 때, 한 달도 서른 날,
잠시만이라도 임의 생각을 하지 않고
이 시름을 잊으려 하니
마음속에 맺혀 있어 뼈에 사무쳤으니,
편작* 같은 명의가 열 명이 오더라도 이 병을 어찌하랴.
아, 내 병이야 이 임의 탓이로다.

한날한시도 임을 잊지 못하고 있으니 마음에 든 병은 세상에 어떤 명의가 와도 고치지 못할 것 같습니다. 이 세상에 내 병을 고칠 수 있는 사람은 오로지 임밖에 없습니다.

---

* 중국 전국 시대의 명의. 환자의 오장을 투시하는 경지에까지 이르렀다고 전해진다.

차라리 사라져서 호랑나비 되리라.
꽃나무 가지마다 간 데 족족 앉고 다니다가

임의 생각에 죽을 만큼 아프기보다 차라리 죽어서 호랑나비나 되
고 싶습니다. 죽어서 나비가 된다면 보이는 꽃나무에 가지가지 마
다 앉고 다녀서 꽃향기를 묻힐 겁니다.

향기가 묻은 날개로 임의 옷에 옮으리라.
임이야 나인 줄 모르셔도 나는 임을 따르려 하노라.


향기 나는 날개로 임의 옷에 앉는다면 꽃향기가 임에게 남을 겁니
다. 화자는 향기라도 임에게 남기려고 합니다. 나비가 된 나를 임
이 알아보지 못해도 나는 끝까지 임을 따를 것입니다.

# 사미인곡(思美人曲)

정철

이 몸 삼기실 제 님을 조차 삼기시니, 훈싱 연분(緣分)이며 하늘
모룰 일이런가. 나 ᄒ나 졈어 잇고 님 ᄒ나 날 괴시니, 이 ᄆᆞᆷ 이
스랑 견졸 ᄃᆡ 노여 업다. 평싱(平生)애 원(願)ᄒ요ᄃᆡ 훈ᄃᆡ 녜쟈 ᄒ
얏더니, 늙거야 므스 일로 외오 두고 글이ᄂᆞᆫ고. 엇그제 님을 뫼셔
광한뎐(廣寒殿)의 올낫더니, 그 더ᄃᆡ 엇디ᄒ야 하계(下界)예 ᄂᆞ려
오니, 올 저긔 비슨 머리 헛틀언 디 삼년(三年)일쇠. 연지분(臙脂
粉) 잇ᄂᆡ마ᄂᆞᆫ 눌 위ᄒ야 고이 홀고. ᄆᆞᄋᆞᆷ의 ᄆᆞ친 실음 텹텹(疊疊)
이 ᄡᅡ혀 이셔, 짓ᄂᆞ니 한숨이오 디ᄂᆞ니 눈물이라. 인싱(人生)은 유
훈(有限)ᄒᆞᆫ디 시름도 그지업다. 무심(無心)ᄒᆞᆫ 세월(歲月)은 믈 흐
ᄅᆞ ᄃᆞᆺ ᄒᆞᄂᆞᆫ고야. 염냥(炎涼)이 째를 아라 가ᄂᆞᆫ ᄃᆞᆺ 고텨 오니, 듯거
니 보거니 늣길 일도 하도 할샤.

동풍(東風)이 건듯 부러 젹셜(積雪)을 헤텨 내니, 창(窓)밧긔 심근
ᄆᆡ화(梅花) 두세 가지 픠여셰라. ᄀᆞᆺ득 닝담(冷淡)ᄒᆞᆫ디 암향(暗香)
은 므스 일고. 황혼(黃昏)의 ᄃᆞᆯ이 조차 벼마틔 빗최니, 늣기ᄂᆞᆫ 듯
반기ᄂᆞᆫ 듯 님이신가 아니신가. 뎌 ᄆᆡ화(梅花) 것거 내여 님 겨신
ᄃᆡ 보내오져. 님이 너를 보고 엇더타 너기실고.

곳 디고 새닙 나니 녹음(綠陰)이 실렷는딩, 나위(羅幃) 젹막(寂寞)
흐고 슈막(繡幕)이 뷔여 잇다. 부용(芙蓉)을 거더 노코 공쟉(孔雀)
을 둘러 두니, ᄀᆞ득 시름 한딩 날은 엇디 기돗던고. 원앙금(鴛鴦錦)
버혀 노코 오싴션(五色線) 플텨 내여, 금자히 견화이셔 님의 옷 지
어 내니, 슈품(手品)은 ᄏᆞ니와 제도(制度)도 ᄀᆞ줄시고. 산호슈(珊
瑚樹) 지게 우희 빅옥함(白玉函)의 다마 두고, 님의게 보내오려 님
겨신 딩 ᄇᆞ라보니, 산(山)인가 구롬인가 머흐도 머흘시고. 쳔리(千
里) 만리(萬里) 길히 뉘라셔 츠자 갈고. 니거든 여러 두고 날인가
반기실가.

ᄒᆞᄅ밤 서리김의 기러기 우러녈 제, 위루危樓에 혼자 올나 슈정념
(水晶簾)을 거든마리, 동산(東山)의 ᄃᆞᆯ이 나고 븍극(北極)의 별이
뵈니, 님이신가 반기니 눈믈이 절로 난다. 쳥광(淸光)을 픠워 내여
봉황누(鳳凰樓)의 븟티고져. 누(樓) 우희 거러 두고 팔황(八荒)의
다 비최여, 심산궁곡(深山窮谷) 졈낫ᄀᆞ티 밍그쇼셔.

건곤(乾坤)이 폐싴(閉塞)ᄒᆞ야 빅셜(白雪)이 ᄒᆞᆫ 비친 제, 사름은ᄏᆞ
니와 ᄂᆞᆯ새도 긋처 잇다. 쇼상(瀟湘) 남반(南畔)도 치오미 이러커든
옥누(玉樓) 고쳐(高處)야 더옥 닐너 므슴ᄒᆞ리. 양츈(陽春)을 부쳐
내여 님 겨신 딩 쏘이고져. 모쳠(茅簷) 비쵠 히를 옥누(玉樓)의 올
리고져. 홍샹(紅裳)을 니믜츠고 취슈(翠袖)를 반만 거더 일모슈듁

(日暮脩竹)의 혬가림도 하도 할샤. 댜른 히 수이 디여 긴 밤을 고초
안자, 청등(靑燈) 거론 겻틱 뎐공후(鈿箜篌) 노하 두고, 꿈의나 님
을 보려 틱 밧고 비겨시니, 앙금(鴦衾)도 츠도 츨샤 이 밤은 언제
샐고.

ᄒᆞᄅ도 열두 째, ᄒᆞᆫ 둘도 셜흔 날, 져근덧 싱각 마라 이 시룸 닛쟈
ᄒᆞ니, ᄆᆞ음의 믜쳐이셔 골슈(骨髓)의 쎄텨시니, 편쟉(扁鵲)이 열히
오다 이병을 엇디ᄒᆞ리. 어와 내 병이야 이 님의 타시로다. 출하리
싀어디여 범나븨 되오리라. 곳나모 가지마다 간 딕 죡죡 안니다
가, 향 므든 놀애로 님의 오시 올므리라. 님이야 날인 줄 모르셔도
내 님 조ᄎᆞ려 ᄒᆞ노라.

 **핵심 정리**

- 형식: 양반 가사, 서정 가사
- 연대: 조선 선조 때
- 출전: 『송강가사』
- 성격: 서정적, 여성적, 연모적, 사모적, 대화체
- 주제: 연군지정
- 의의: '정과정'에서 시작된 충신연군지사를 승계함, 우리말의 아름
  다움을 잘 살림

# 속미인곡

정철

오직 당신만을 바라봅니다

조선 후기 문신이자 요즈음으로 치면 문학 평론가였던 서포 김만중은『서포만필』에서 다음과 같이 말했습니다.

"송강의 '관동별곡'과 '전후 미인곡(사미인곡과 속미인곡)'은 우리나라의 '이소雜騷*'이다. …(중략)… 옛날부터 우리나라의 참된 문장은 오직 이 세 편뿐인데, 다시 이 세 편에 대하여 논할 것 같으면, 그중에서 '속미인곡'이 가장 뛰어나다. '관동별곡'과 '사미인곡'은 오히려 한자음을 빌려서 그 가사 내용을 꾸민 데 지나지 않는다."

김만중은 순우리말을 사용한 '속미인곡'이 주제와 정서가 정확하고 진솔하게 전달되기 때문에 조선 문학의 백미라고 평가했습니다. 또한 '속미인곡'은 어떤 가사 작품에서도 볼 수 없는 완전한 대화체로 구성된 독창성을 보입니다. 한글을 언문, 암글이라 하며 멸시하던 당시의 분위기에 비추어 볼 때 속미인곡의 대화 구조에 나타난 창의성과 순우리말 표현은 가사 문학의 대가로서의 정철의 면모를 보여 줍니다.

관직을 내려놓고 고향에 은거하며 지내던 정철은 '사미인곡'에 이어 임금을 향한 그리움과 충절을 노래한 '속미인곡'을 씁니다. 이 작품에서 정철은 두 여인(갑녀와 을녀)의 입을 빌려 연군지정을 표현하고 자신의 억울하고 외로운 심정을 하소연합니다.

---

* '이소'는 중국 전국 시대 초나라의 정치가이자 문인이었던 굴원이 모함으로 유배를 간 상황에서 쓴 작품이다. 제목 '이소'는 불행을 만나 지었다는 뜻으로 충신의 근심과 한탄이 잘 나타난 명시이다.

(갑녀)

저기 가는 저 각시, 본 듯도 하구나.

천상에 백옥경*을 어찌하여 이별하고,

해 다 저문 날에 누구를 보러 가시는가?

'속미인곡'은 하늘나라 선녀 두 명의 대화체로 쓰였습니다. 그중 먼저 등장하는 선녀를 '갑녀', 나중에 등장하는 선녀를 '을녀'라고 합니다. 갑녀는 지상에 내려와 길을 걷다 우연히 을녀와 마주칩니다. 을녀는 하늘나라에서 옥황상제의 사랑을 가장 많이 받던 선녀였지만 지금은 지상으로 쫓겨나 홀로 지내고 있습니다.

---

\* 하늘 위 옥황상제가 사는 가상의 서울.

(을녀)

아, 너로구나. 내 이야기 좀 들어 보오.

내 얼굴 이 거동이 임께 사랑받을 만한가마는,

어쩐지 날 보시고 너로구나 하고 각별히 여기시므로,

나도 임을 믿어 딴생각 전혀 없이

애교와 교태를 떨며 어지럽게 굴었던 것인지,

반기시는 낯빛이 옛날과 어찌 다르신가!

을녀는 정말로 오랜만에 하늘나라의 사람을 만나니 얼마나 반가
운지 모릅니다. 반가운 마음과 서러운 마음이 겹친 을녀는 갑녀를
붙잡고 하소연합니다. 예전에 자신의 얼굴과 행동을 옥황상제께
서 예쁘게 여기시기에 다른 뜻 없이 애교와 교태를 떤 것이 아마
조금 지나쳤나 봅니다. 임께서 자신을 보는 낯빛이 예전과 어찌 그
리 달라지셨는지 을녀는 괴롭습니다.

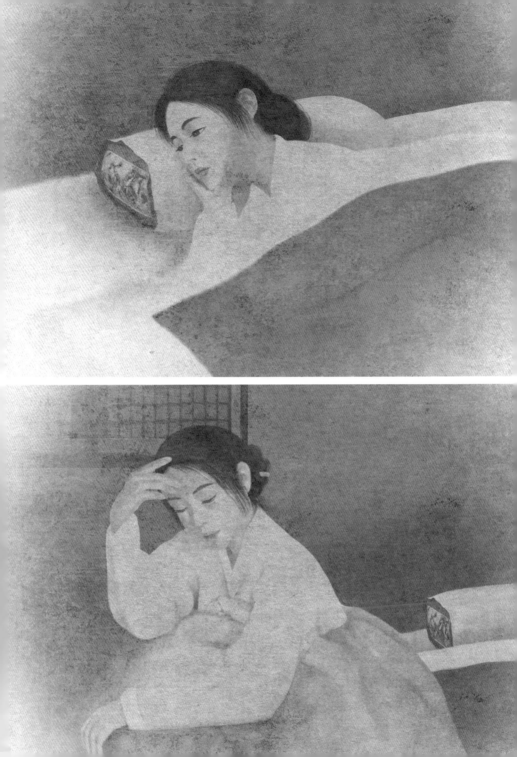

누워서 생각해 보고, 일어나 앉아서도 생각해 보니,
내 몸의 지은 죄가 산같이 쌓여 있으니,
하늘을 원망하랴, 사람의 탓을 하랴?
서러워 옛일을 풀어내어 헤아려 보니,
모든 것이 조물주의 탓이로다.

그러나 곰곰이 생각하니 을녀는 자신의 잘못이 많다는 걸 깨달았
습니다. 하지만 모든 잘못은 임을 사랑해서 그런 것이고, 자신이
임을 사랑한 것은 운명이기 때문에 어쩔 수 없는 일이었습니다. 임
을 사랑하게 태어난 것은 자신의 의지가 아니라 조물주의 탓이라
고 생각합니다.

(갑녀)

그렇게는 생각 마오.

사연을 들어 보니 갑녀는 을녀가 안됐습니다. 갑녀 생각엔 을녀가 스스로를 가혹하게 책망하는 것 같아 그렇게 생각하지 말라며 위로를 건넵니다.

(을녀)

내 마음에 맺힌 일이 있소이다.

임을 모시어서 임의 일을 내가 알고 있으니,

물같이 연약한 몸이 편하실 때가 몇 날일까?

봄의 추위와 여름의 더위는 어떻게 지내시며,

가을과 겨울날은 누가 모셨는가?

죽조반*과 아침저녁 뫼**는 전과 같이 잘 잡수시는가?

기나긴 밤에 잠은 어떻게 주무시는가?


을녀는 마음에 맺힌 일들이 생각납니다. 임이 건강하신지, 식사는
잘 하고 계신지, 추위와 더위는 또 어떻게 피하고 계신지 마음을
놓을 수가 없습니다. 을녀가 하늘에 있을 때는 아침부터 밤까지 임
과 함께했지만, 자신이 쫓겨 내려온 지금 임이 밤에 잠은 잘 주무
시는지 걱정이 됩니다.


*  임금이 아침 전에 먹는 죽.
**  임금이 먹는 밥을 이르는 궁중 언어.

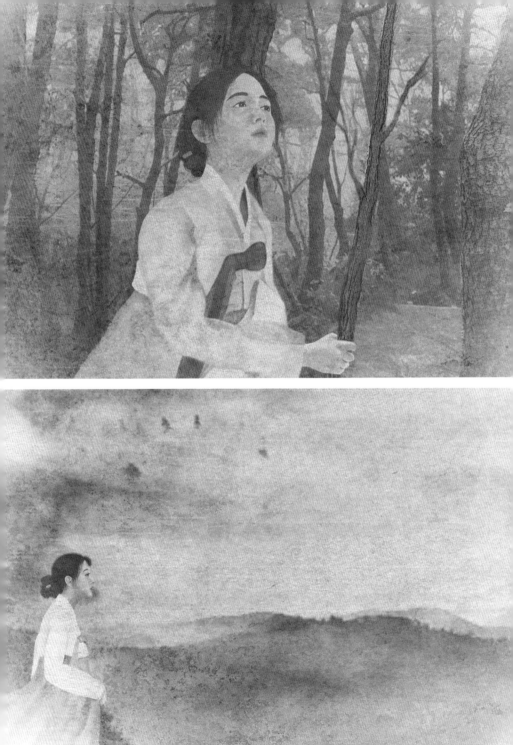

임 계신 곳의 소식을 어떻게든 알고자 하니,

오늘도 거의 저물었구나.

내일이나 임의 소식을 전해 줄 사람이 올까?

내 마음 둘 데 없다.

어디로 가자는 말인가?

잡거니 밀거니 높은 산에 올라가니

구름은 물론이거니와 안개는 무슨 일인가?

산천이 어두우니 해와 달을 어찌 보며

지척도 안 보이는데 천 리 앞을 바라보랴?

을녀는 하늘나라에서 쫓겨난 신세이더라도 임의 소식이 궁금해 그동안 하늘에서 임의 소식이 오기를 간절히 기다렸습니다. 허전한 마음을 둘 곳이 없어 높은 곳으로 가면 임의 소식을 알 수 있을까 생각하며 산에 올랐지만 마침 구름과 안개가 끼어 임이 계신 곳을 볼 수가 없었습니다. 구름과 안개 때문에 바로 앞도 안 보이니 천 리 앞에 계신 임이 보일 리가 없습니다.

차라리 물가에 가서 뱃길이나 보려고 하니,
바람 불고 물결쳐서 어수선하게 되었구나.
사공은 어디 가고 빈 배만 걸려 있나니.
강가에 혼자 서서 지는 해를 굽어보니
님 계신 곳 소식이 더욱 아득하구나.

을녀는 산 위는 이제 틀렸으니 뱃길이나 알아보려고 했습니다. 하지만 이번에는 바람과 물결이 사나운 데다가 사공도 어딜 갔는지 보이질 않습니다. 허탈한 마음에 강가에 서서 지는 노을을 바라보니 임의 소식은 알 수 없고 아득하기만 합니다.

초가집 차가운 잠자리에 한밤중이 돌아오니,

벽 중간에 걸린 등은 누굴 위해 밝혔는가?

산을 오르며 내리며 강가를 헤매며 서성대다가

어느덧 기운이 다하여 풋잠을 잠깐 드니,

정성이 지극하여 꿈에 님을 보니,

옥 같은 얼굴이 반 넘어 늙었구나.

마음에 먹은 말씀 실컷 아뢰려 하니,

눈물이 연달아서 나니 말인들 어찌 하며,

정과 회포도 못 다 풀어 목마저 메어 오니,

방정맞은 닭 울음소리에 잠을 어찌 깨었던가?

밤이 되어 집으로 돌아왔지만 임이 없는 잠자리는 차갑기만 합니다. 그런 집에 불을 밝혀 봐야 아무 소용 없습니다. 낮에 임의 소식을 찾아 산과 강가를 헤매느라 너무 힘들어 선잠이 들었는데 그 정성이 지극했는지 꿈에 임이 나타났습니다. 한참을 못 본 사이 임의 얼굴이 많이 늙어 보여 마음이 아픕니다. 그동안의 그리움을 말씀드리려 했지만 서러움과 반가움에 목이 메어 말이 나오질 않습니다. 그저 눈물만 흘리느라 회포도 풀지 못하였는데 그만 방정맞은 닭이 울어 잠이 깨버렸으니 원통할 따름입니다.

아, 허사로구나. 님이 어디로 갔는가?
잠결에 일어나 앉아 창을 열고 바라보니
가엾은 그림자가 날 좇을 뿐이로다.
차라리 죽어 없어져 지는 달이나 되어,
임 계신 창 안에 환하게 비추리라.


꿈이긴 하지만 간신히 뵌 임인데 잠이 깨어 버렸으니 원통하게도
모두 허사가 되고 말았습니다. 잠에서 완전히 깨어 버린 을녀는 잠
자리에서 일어납니다. 창을 열고 밖을 보니 외로운 자신의 그림자
만 비칩니다. 을녀는 이렇게 임의 얼굴도 못 보고 괴로운 것보다
차라리 달이 되어서 님 계신 창이라도 환하게 비추고 싶습니다.

(갑녀)

각시님, 달은 그만두고, 궂은비나 되소서.

을녀의 처지가 불쌍한 갑녀는 을녀에게 달은 너무 멀리 있으니 임에게 좀 더 가까이 갈 수 있는 비가 되는 것이 좋겠다고 말합니다. 달은 멀리 하늘에 떠 있지만 비는 임에게 닿을 만큼, 더 가까이 내리기 때문입니다. 상상 속에서라도 임에게 조금이라도 더 가까이 가길 기원하는 애틋한 마음입니다.

# 속미인곡(續美人曲)

정철

뎨 가는 뎌 각시 본 듯도 흔뎌이고. 텬상(天上) 빅옥경(白玉京)을 엇디ᄒ야 니별(離別)ᄒ고 ᄒ 다 뎌믄 날의 눌을 보라 가시는고.

어와 네여이고 내 ᄉ셜 드러 보오. 내 얼굴 이 거동이 님 괴얌즉 ᄒ가마는 엇딘디 날 보시고 네로다 녀기실ᄉ 나도 님을 미더 군ᄠᅥ디 젼혀 업서 이리야 교틱야 어즈러이 구돗ᄯ던디 반기시는 ᄂ빗치 녜와 엇디 다르신고. 누어 싱각ᄒ고 니러 안자 혜여ᄒ니 내 몸의 지은 죄 뫼ᄀ티 빠혀시니 하늘히라 원망ᄒ고 사름이라 허믈ᄒ랴 셜워 플텨 혜니 조믈(造物)의 타시로다.

글란 싱각 마오.

미친 일이 이셔이다. 님을 뫼셔 이셔 님의 일을 내 알거니 믈ᄀᄐᆫ 얼굴이 편ᄒ실 적 몃 날일고. 츈한고열(春寒苦熱)은 엇디ᄒ야 디내시며 츄일동텬(秋日冬天)은 뉘라셔 뫼셧는고. 죽조반(粥朝飯) 죠셕(朝夕) 뫼 녜와 ᄀᆺ티 셰시는고. 기나긴 밤의 줌은 엇디 자시는고 님 다히 쇼식(消息)을 아므려나 아쟈 ᄒ니 오늘도 거의로다. 니일이나 사름 올가. 내 ᄆᆞᆷ 둘 ᄃᆡ 업다. 어드러로 가쟛 말고. 잡거니 밀거니 놉픈 뫼ᄒ 올라가니 구롬은 ᄏ니와 안개는 므스일고 산

쳔(山川)이 어둡거니 일월(日月)을 엇디 보며 지쳑(咫尺)을 모릭
거든 쳔리(千里)를 부라보랴.

출하리 믈ᄀᆞ의 가 빅 길히나 보쟈 ᄒᆞ니 부람이야 믈결이야 어둥졍
된뎌이고. 샤공은 어듸 가고 뷘 비만 걸렷ᄂᆞ니 강텬(江天)의 혼쟈
셔셔 디ᄂᆞ 히롤 구버보니 남다히 쇼식(消息)이 더옥 아득ᄒᆞ뎌이
고. 모쳠(茅簷) 춘 자리의 밤듕만 도라드니 반벽쳥등(半壁靑燈)은
눌 위ᄒᆞ야 볼갓ᄂᆞ고. 오르며 ᄂᆞ리며 헤쓰며 바니니 져근덧 녁진
(力盡)ᄒᆞ야 픗잠을 잠간 드니 졍셩(精誠)이 지극ᄒᆞ야 꿈의 님을 보
니 옥(玉) ᄀᆞ툰 얼굴이 반(半)이나마 늘거셰라. ᄆᆞ음의 머근 말ᄉᆞᆷ
슬ᄏᆞ장 숣쟈 ᄒᆞ니 눈믈이 바라나니 말인들 어이 ᄒᆞ며 졍(情)을 못
다ᄒᆞ야 목이조차 몌여ᄒᆞ니 오뎐된 계셩(鷄聲)의 줌은 엇디 ᄭᆡ돗
던고.

어와, 허ᄉᆞ(虛事)로다. 이 님이 어듸 간고. 결의 니러 안쟈 창(窓)
을 열고 부라보니 어엿븐 그림재 날 조출 뿐이로다. 출하리 싀여
디여 낙월(落月)이나 되야이셔 님 겨신 창(窓) 안히 번드시 비최
리라.

각시님 둘이야ᄏᆞ니와 구준 비나 되쇼셔.

## 핵심 정리

- 형식: 양반 가사, 서정 가사
- 연대: 조선 선조 때
- 출전: 『송강가사』
- 성격: 연모적, 사모적
- 주제: 연군지정
- 의의: 순우리말의 아름다움을 절묘하게 표현한 대화체 작품

# 규원가

허난설헌

조선 시대 여성의 삶을 현실적으로 그려 내다

조선 시대에는 사대부 양반들은 물론 일반 백성들까지 유교적 가치관에 따라 생활해야 했습니다. 유교에서 중요하게 여긴 가치관 중 하나가 남녀 간의 도리였는데요. 여성들은 어려서부터 가부장의 간섭 아래 남존여비男尊女卑 사상을 주입받아 왔습니다. 조선 시대의 여성들은 결혼하기 전에는 아버지의 딸로, 결혼 후에는 남편의 아내로, 남편이 죽은 후에는 아들의 어머니로 이름 없는 삶을 살아야 했습니다.

사회적 행동에 제약이 많았던 부녀자들은 한글을 사용해서 시가를 짓기 시작했습니다. 이것을 규방 가사라 합니다. 규방 가사의 주제와 소재는 다양하지만 주로 부녀자의 도리와 같은 교훈적인 내용이나 자신이 처한 상황에 대한 한탄 등 양반 여성들의 삶을 표현하고 고민을 호소하는 내용이 많았습니다.

그중 조선의 천재 여류 시인이라 불리는 허난설헌이 지은 '규원가'는 현재 전해지는 규방 가사 중 가장 오래된 작품으로 알려져 있습니다. 이 작품에는 못난 남편에 대한 원망과 독수공방의 외로움, 조선의 여인이라는 이유로 짊어져야 하는 불행에 대한 한탄이 섬세하고 우아한 어조로 표현되어 있습니다.

엊그제 젊었더니 어찌 벌써 이렇게 다 늙어 버렸는가?

어릴 적 즐겁게 지내던 일을 생각하니

말해 봐야 허망하다.

늙은 뒤에 서러운 말 하자니 목이 멘다.

부모님이 낳아 기르시며

몹시도 고생하여 이 내 몸 길러 낼 때,

높은 벼슬의 배필은 못 바라도

군자의 좋은 짝이 되기를 바랐더니,

전생에 지은 원망스러운 업보요, 월하노인의 연분으로

장안의 건달 같은 경박한 사람을 꿈같이 만나,

시집간 뒤에 마음 쓰기를 마치 살얼음 디디는 듯하였다.

허난설헌은 15세 때 안동 지방의 양반 자제인 김성립과 결혼했습니다. 허난설헌은 당시 사대부 가문과 달리 열린 가풍에서 자라 여성임에도 글짓기를 배우며 천재적인 재능을 발휘할 수 있었지만 김성립의 집안은 지극히 가부장적이었습니다. 김성립은 아내의 천재성을 부담스러워했고, 가정을 돌보지 않고 기생집에서 시간을 보내는 등 허난설헌의 마음을 괴롭게 하였습니다.

열다섯 열여섯 살을 겨우 지나
타고난 아름다운 모습 저절로 나타나서
이 얼굴 이 태도로 평생을 약속하였더니
세월은 훌쩍 지나가고 조물주는 시기가 많아,
봄바람과 가을 물이 베틀의 베올 사이에 북이 지나가듯
꽃같이 아름다운 얼굴은 어디로 가고
밉고 추한 모습만이 남았구나.
내 얼굴을 내가 보고 알거니와 어느 임이 사랑할 것인가?
스스로 부끄러우니 누구를 원망할까?

꽃다운 나이에 결혼했지만 '장안의 건달 같은' 남편을 잘못 만나
고생하는 바람에 얼굴과 마음이 모두 늙어 버렸습니다. 화자는 남
편을 원망하면서도 결국 체념한 채 자신을 탓하고 있습니다. 한 번
결혼한 이상 아내는 어쩔 수 없이 남편의 잘못된 행동들도 묵묵히
받아들여야만 했던 당시의 시대적 상황이 드러납니다.

여러 사람이 떼 지어 다니는 술집에
새 기생이 나타났다는 말인가?
꽃 피고, 날 저물 때 정처 없이 나가,
호사스러운 행장을 하고 어디 어디 머물러 노는고?
멀리 있는지 가까이에 있는지도 모르는데
소식이야 더욱 알 수 있으랴.


꽃이 피는 저녁, 화려하게 차려입고 외출한 남편은 도대체 어디에 있는 걸까요? 평소같이 술을 마시고 기생집에 다니기를 즐기는 무리들과 놀고 있는 건 아닐까요? 화자는 답답한 마음을 안고 방에 홀로 앉아 한탄합니다.

인연을 끊었다고, 생각이야 없을 것인가?
얼굴을 못 보면 그립지나 말았으면 좋으련만,
하루가 길기도 길어 한 달 서른 날이 지루하다.

오랫동안 소식이 없어 이제는 남같이 느껴지는 남편이지만 그리
운 마음이 떠오르는 것은 어쩔 수가 없습니다. 남편의 소식을 여기
저기 수소문할 수도 없어 집에만 있어야 하기에 더욱 답답하고 외
롭습니다.

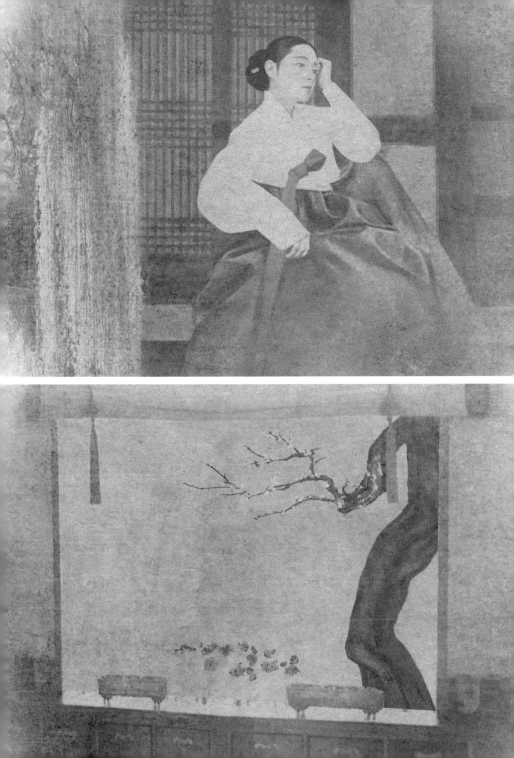

창밖에 심은 매화는 몇 번이나 피었다 졌는고?
겨울밤 차고 찰 때 자국눈 섞어 내리고,
여름날 길고 길 때 궂은비는 또 무슨 일인가?
꽃 피는 아름다운 봄날에 경치를 보아도 아무 흥이 없구나.
가을 달이 방에 비치고 귀뚜라미는 침상에서 울 때,
긴 한숨 흘리는 눈물에 헛되이 생각만 많구나.
아마도 모진 목숨 죽기도 어렵도다.

봄, 여름, 가을, 겨울 사계절이 지나도록 남편은 오지 않습니다. 겨울의 자국눈, 여름의 궂은비, 가을의 달과 귀뚜라미 소리가 화자의 마음을 더욱 애달프게 합니다. 독수공방하는 처지에 꽃은 피어 무엇할까요? 이렇게 괴롭게 살 바에는 차라리 죽는 게 더 나을 것 같습니다.

돌이켜 풀어 생각하니 이렇게 살아서 어찌할 것인가?

등불을 돌려놓고 녹기금*을 비스듬히 안아,

벽련화 한 곡을 시름에 얹어 연주하니,

소상강 밤비에 댓잎 소리가 섞여 들리는 듯,

망주석**에 천년 만에 찾아온 별난 학이 울고 있는 듯,

아름다운 손으로 타는 솜씨는

옛 가락이 아직 남아 있지마는,

연꽃 휘장을 친 방이 텅 비었으니

누구의 귀에 들릴 것인가?

간장이 마디마디 뒤틀려 끊어지겠구나.


화자는 아무리 생각해도 헤쳐 나갈 길이 없는 외로움을 달래기 위해 거문고를 안고 시름을 얹어 연주합니다. '벽련화'라는 곡을 연주하니 그 소리가 얼마나 구슬픈지 밤비에 댓잎이 우는 소리가 들리는 듯하고, 무덤을 지키는 돌을 찾아온 학이 우는 듯합니다. 그러나 아무리 솜씨 좋은 연주여도 텅 빈 방에는 들어 줄 사람이 없으니 외로움은 깊어만 갑니다.

---

* 중국 한나라의 문인 사마상여가 가지고 있었다는 푸른빛이 도는 거문고의 이름.
** 무덤 옆에 세우는 한 쌍의 돌기둥.

차라리 잠이 들어 꿈에서나 임을 보려 하니,

바람에 지는 잎과 풀 속에서 우는 벌레는,

무슨 원수가 졌기에 잠마저 깨우는가?

하늘의 견우성과 직녀성은 은하수가 막혔을지라도,

칠월 칠석 일 년에 한 번씩 때를 어기지 않고 만나는데,

우리 님 가신 후는 무슨 약수弱水가 가리었기에,

오고 가는 소식마저 끊어졌는고?

잠이라도 청해 보려 하지만 그것조차 잘 되지 않자, 바람에 잎이 떨어지는 소리와 풀벌레 소리를 원망해 봅니다. 하늘나라의 견우와 직녀도 일 년에 한 번은 만난다는데 화자의 신세는 그보다도 더 답답합니다. 약수는 신선이 사는 곳에 있다는 전설적인 강으로 깃털조차 뜨지 못해 도저히 건널 수 없는 강입니다. 화자가 생각하기에는 남편과 자신 사이에 약수가 길게 놓여 있어 결코 만날 수가 없는 것처럼 느껴집니다.

난간에 기대어 서서 님 가신 데를 바라보니,
풀끝에 이슬은 맺혀 있고 저녁 구름이 지나갈 때,
대나무 수풀 우거진 푸른 곳에 새소리가 더욱 서럽구나.
세상에 설운 사람 많다고 하려니와,
박복한 젊은 여자 중에 나 같은 이가 또 있을까?
아마도 이 님의 탓으로 살 듯 말 듯 하여라.

남편이 간 곳을 바라보며 자신의 신세를 생각하니 풀잎에 맺힌 이
슬과 저녁 구름, 그리고 구슬프게 우는 새소리가 화자를 더 쓸쓸하
게 만듭니다. 세상에 서러운 사람이 많겠지만 자신보다 복이 없는
여자가 있을까요? 결국 이 모든 것이 남편 탓입니다.

# 규원가(閨怨歌)

허난설현

엇그제 저멋더니 ᄒ마 어이 다 늘거니. 소년행락(少年行樂) 생각 ᄒ니 일러도 속절업다. 늘거야 서른 말슴 ᄒ자니 목이 멘다. 부생 모육(父生母育) 신고(辛苦)ᄒ야 이 내 몸 길러낼 제, 공후배필(公候 配匹)은 못 바라도 군자호구(君子好逑) 원ᄒ더니, 삼생三生의 원 업(怨業)이오 월하(月下)의 연분(緣分)으로 장안유협(長安遊俠) 경 박자(輕薄子)를 숨곧치 만나 잇서, 당시(當時)의 용심(用心)ᄒ기 살어름 디듸는 듯, 삼오이팔(三五二八) 겨오 지나 천연여질(天然麗 質) 절로 이니, 이 얼골 이 태도(態度)로 백년기약(百年期約)ᄒ얏 더니, 연광(年光)이 훌훌ᄒ고 조물(造物)이 다시(多猜)ᄒ야, 봄바 람 가을 믈이 뵈오리 북 지나듯. 설빈화안(雪鬢花顔) 어듸 두고 면 목가증(面目可憎)되거고나. 내 얼골 내 보거니 어느 임이 날 괼소 냐. 스스로 참괴(慚愧)ᄒ니 누구를 원망(怨望)ᄒ리.

삼삼오오(三三五五) 야유원(冶遊園)의 새 사람이 나단 말가. 곳 피 고 날 저물 제 정처(定處) 업시 나가 잇서, 백마금편(金鞭白馬)으 로 어듸어듸 머무는고. 원근(遠近)을 모르거니 소식(消息)이야 더 욱 알랴. 인연(因緣)을 긋쳐신들 싱각이야 업슬소냐. 얼골을 못 보 거든 그립기나 마르려믄. 열두 째 김도 길샤 설흔 날 지리(支離)ᄒ 다. 옥창(玉窓)에 심근 매화(梅花) 몃 번이나 픠여 진고. 겨울밤 차고 찬 제 자최눈 섯거 치고, 여름날 길고 길 제 구즌 비는 무스 일고. 삼촌화류(三春花柳) 호시절(好時節)에 경물(景物)이 시름업다. 가을 둘 방에 들고 실솔(蟋蟀)이 상(床)에 울 제, 긴 한숨 디는 눈물 속절업시 혬만 만타. 아마도 모진 목숨 죽기도 어려울사.

도로혀 풀쳐 혜니 이리ᄒᆞ여 어이ᄒᆞ리. 청등(靑燈)을 돌라 노코 녹기금(綠綺琴) 빗기 안아, 벽련화(碧蓮花) 한 곡조를 시름조츠 섯거 타니, 소상야우(瀟湘夜雨)의 댓소리 섯도는 듯, 화표(華表) 천년(千年)의 별학(別鶴)이 우니는 듯, 옥수(玉手)의 타는 수단(手段) 녯소래 잇다마는, 부용장(芙蓉帳) 적막(寂寞)ᄒᆞ니 뉘 귀에 들리소니. 간장(肝腸)이 구곡(九曲) 되야 구뷔구뷔 ᄭᅳᆫ쳐서라.

출하리 잠을 드러 쑴의나 보려 ᄒᆞ니, 바람의 디는 닢과 풀 속에 우는 즘생, 무스 일 원수로서 잠조차 쌔오는다. 천상(天上)의 견우직녀(牽牛織女) 은하수(銀河水) 막혀서도, 칠월 칠석(七月七夕) 일년 일도(一年一度) 실기(失期)치 아니거든, 우리 님 가신 후는 무슨 약수(弱水) 가렷관듸, 오거나 가거나 소식(消息)조차 ᄭᅳ쳣는고. 난간(欄干)의 비겨 셔서 님 가신 듸 바라보니, 초로(草露)는 맷쳐 잇고 모운(暮雲)이 디나갈 제, 죽림(竹林) 푸른 고듸 새소리 더욱 설다. 세상의 서룬 사람 수업다 ᄒᆞ려니와, 박명(薄命)ᄒᆞᆫ 홍안(紅顔)이야 날 ᄀᆞᄐᆞ니 ᄯᅩ 이실가. 아마도 이 님의 지위로 살동말동 ᄒᆞ여라.

허난설헌은 당대 다른 사대부 가문에 비해 열린 가풍에서 자랐습니다. 조선 시대는 성리학의 이념에 충실한 사회였고, 여성의 사회적 지위가 매우 낮았습니다. 많은 여성이 제대로 된 이름을 갖기도 힘들었던 반면 허난설헌은 초희라는 어엿한 이름을 가질 수 있었고, 동생 허균과 함께 시를 배울 수 있었습니다. 허난설헌은 8세 때 이미 시를 지어 신동으로 불렸으나 큰 뜻을 펼치기에 조선이라는 나라는 여성에게 너무나도 가혹했습니다. 불행한 결혼 생활을 보내며 딸과 아들을 돌림병으로 연이어 잃는 등, 견디기 힘든 날들의 끝에 27살이라는 젊은 나이에 생을 마감하게 됩니다. 그는 이러한 힘겨운 처지를 시 창작으로 달랬고, 이전에 보기 힘들었던 섬세한 문체로 예민한 여인의 감정을 노래함으로써 조선 문학사에 한 획을 그었습니다. 죽기까지 방 한 칸을 족히 채울 만큼의 시를 지었으나 유언에 따라 대부분의 작품이 태워지고 몇몇 작품만이 동생 허균이 엮은 『난설헌집』을 통해 전해집니다.

### 핵심 정리

- 형식: 규방 가사
- 연대: 조선 선조 때
- 출전: 『고금가곡』
- 성격: 원망적, 체념적, 고백적
- 주제: 봉건 사회 아녀자의 삶에 대한 하탄
- 의의: 가장 오래된 규방 가사

# 선상탄

박인로

배 위에서 나라의 평안을 외치다

'선상탄'은 박인로가 임진왜란 직후 통주사統舟師라는 직책으로 부산에 부임했을 때 지은 작품입니다. 무관으로서의 기개와 우국충절憂國忠節*의 주제가 잘 드러나 있습니다. 작가는 임진왜란이라는 큰 전쟁을 치러 낸 장수로서 전선戰船에서 느끼는 전쟁으로 인한 고통과 슬픔, 나라를 위한 늙은 신하의 걱정과 고뇌 그리고 평화에 대한 기대를 노래합니다. '누항사'에 비하면 관념적이고 어려운 한자어가 많이 사용되었으며 중국에 대한 사대주의가 은근히 드러납니다. 그러나 전쟁을 배경으로 한 가사 작품이 흔치 않기 때문에 박인로의 대표작 중 하나로 꼽히고 있습니다.

---

\* 나랏일을 근심하고 충성을 다하는 절개.

미천하고 노쇠한 몸을 통주사로 보내시므로
을사년 여름에 진동영(부산진)을 내려오니,
변방의 중요한 요새지에서 병이 깊다고 앉아 있겠는가?
긴 칼을 비스듬히 차고 병선에 굳이 올라가서
기운을 떨치고 눈을 부릅뜨고 대마도를 굽어보니,
바람을 따르는 노란 구름은 멀고 가깝게 쌓여 있고
아득한 푸른 물결은 긴 하늘과 같은 빛일세.

임진왜란은 끝났지만 일본과 가장 가까운 항구인 부산에 부임하
게 된 박인로는 대마도(쓰시마 섬) 쪽을 바라보며 긴장을 놓지 못
합니다. 푸른 바다와 하늘 사이에 흰 구름이 드문드문 보이는 가운
데 아득히 멀리 대마도가 있습니다. 대마도는 우리나라와 가장 가
까이에 있는 일본 섬이라 왜군은 침략 전의 채비를 대마도에서 했
습니다. 날이 맑으면 부산에서 희미하게 대마도가 보일 정도로 가
까우니 경계를 늦출 수가 없습니다.

배 위에서 이리저리 돌아다니며,

옛날과 지금을 생각하고,

어리석고 미친 마음에 배를 처음 만든 헌원씨를

원망스럽게 여기노라.


박인로는 배 위를 돌아다니며 전설적인 중국의 황제 헌원씨가
인간 세상에 내려와 처음 배를 만드는 장면을 상상합니다. 배만
없었더라면 왜적이 우리나라를 침입하지 못했을 것이라는 생각
을 하니 배를 만든 헌원씨가 원망스럽습니다.

바다가 아득히 넓게 천지에 펼쳐 있으니,
참으로 배가 아니면 풍파가 심한 만 리 밖에서
어느 사방의 오랑캐가 엿볼 것인가?
무슨 일을 하려고 배 만들기를 시작했는가?
오랜 세월에 끝없는 큰 폐해가 되어
온 천하에 만백성의 원한을 기르고 있도다.

우리나라는 삼면이 바다이니 배가 없다면 까마득히 먼 곳에서 풍파를 뚫고 왜적이 침입할 수도 없을 것입니다. 어떤 이유로 배를 만들게 되었는지는 몰라도 배를 만든 것이 큰 폐해가 되어 온 백성을 원한에 사무치게 만들었습니다. 배가 없었다면 임진왜란과 정유왜란이 일어나지 않았을 테니 화자는 전쟁으로 인한 수많은 조선 백성의 한이 모두 배 때문이라고 생각합니다.

아! 깨달으니 진시황의 탓이로다.

배가 비록 있다고 하더라도 왜족이 생기지 않았더라면

일본 대마도로부터 빈 배가 저절로 나올 것인가?

누구의 말을 곧이듣고 동남동녀를 그토록 데려다가

바다의 모든 섬에 감당하기 어려운 도적을 만들어 두어,

통분한 수치와 모욕이 중국에까지 다 미치게 하였는가?

장생 불사약을 얼마나 얻어 내어

만리장성을 높이 쌓고 몇만 년을 살았던가?

남처럼 죽어 갔으니 유익한 줄 모르겠노라.


화자는 배가 있더라도 일본에 사람이 없다면 조선을 침략할 수 없다는 것을 불현듯 깨닫습니다. 이 모든 것이 불로초를 구한답시고 어린 소년과 소녀를 일본으로 데려간 진시황의 탓인 것 같습니다. 그 옛날 일본에 도착한 소년 소녀들의 후손이 감당하기 힘든 도적이 되어 조선은 물론 중국에까지 수치와 모욕을 주고 있으니 진시황을 원망하지 않을 수 없습니다.

아! 생각하니 서불*의 무리가 너무 심하다.
신하의 몸으로 망명도주도 하는 것인가?
신선을 만나지 못했거든 쉽게나 돌아왔으면
통주사의 이 근심은 전혀 생기지 않았을 것이다.


진시황을 속이고 일본으로 도망간 신하 서불이 아니었다면 통주
사로 임명받아 전쟁 걱정을 하는 시름은 없었을 거라는 생각이 듭
니다. 진시황과 많은 사람을 데리고 일본으로 들어간 서불이 모두
원망스럽습니다.


* 진시황 시대에 희대의 사기꾼. 서복이라고도 한다. 불로초를 찾아오겠다고 진시
황을 속여서 수많은 기술자와 동남동녀를 데리고 떠나서 돌아오지 않았다. 동쪽으
로 떠난 서불이 닿은 곳이 일본이라고 한다.

두어라. 이미 지난 일은 탓하지 않는 것이라,
말해 무엇하겠는가?
아무 소용이 없는 시비를 팽개쳐 버리자.
깊이 생각하여 깨달으니 내 뜻도 고집스럽구나.
황제가 처음으로 배와 수레를 만든 것은
그릇된 줄도 모르겠다.
장한이 강동으로 돌아가 가을바람을 만났다고 한들
편주를 타지 않으면 하늘이 맑고 바닥 넓다고 해도
어느 흥이 저절로 나겠으며, 삼공과도 바꾸지 않을 만큼
경치가 좋은 곳에서 부평초 같은 어부의 생활을
자그마한 배가 아니면 어디에 부쳐 다니겠는가?

그러나 이미 지난 일을 탓해 봐야 무엇할까요. 중국의 장한이란
사람은 가을이 오니 고향이 그리워 벼슬을 버리고 고향으로 돌아
가 배를 타고 낚시를 하며 세월을 보냈다고 하니 그런 삶이야말로
높은 벼슬자리보다 좋은 것이 아닐까 합니다. 황제 헌원씨가 배를
만들어 일본에 침략을 당하는 고통을 주었지만 즐거움을 주는 장
한의 배를 생각하니 배를 만든 것이 그렇게 잘못된 것 같지는 않
습니다.

이런 일을 보면, 배를 만든 제도야
지극히 오묘한 듯하다마는,
어찌하여 우리 무리는
나는 듯한 판옥선을 밤낮으로 비스듬히 타고
풍월을 읊되 흥이 전혀 없는 것인가?

왜적의 배와 장한의 배를 생각하면 배가 생기게 된 의미가 오묘한
듯합니다. 조선 시대 수군의 대표적인 전투선이었던 판옥선은 나
는 듯 물 위를 빠르게 가릅니다. 그러나 날아갈 듯한 전함을 타고
바람과 달을 노래해도 흥이 나지 않습니다.

지난날 배 안에는 술상이 어지럽더니
오늘날 배 안에는 큰 칼과 긴 창뿐이로구나.
똑같은 배건마는 가진 바가 다르니
그 사이의 근심과 즐거움이 서로 같지 못하도다.

평화로운 시절에 배 안에는 술잔이 어지럽게 쌓여 흥겨웠는데 지금은 배 안에 큰 칼과 긴 창이 가득할 뿐입니다. 같은 배라도 이렇듯 다른 것을 싣고 있으니 이전의 즐거움과 지금의 근심을 느끼는 마음이 서로 다릅니다.

때때로 머리를 들어 북극성을 바라보며
때를 근심하는 늙은이의 눈물을
하늘 한 귀퉁이에 떨어뜨린다.


북극성은 임금님을 의미합니다. 충성스러운 신하인 박인로는 때
때로 북극성을 바라보며 임금을 걱정합니다. 이런 어려운 때에 왕
의 근심은 자신보다 더 클 것이라는 걱정 때문에 늙은 신하는 눈물
을 흘립니다.

우리나라의 문물이

중국의 한나라, 당나라, 송나라에 뒤떨어지랴마는,

나라의 운세가 불행하여 왜적의 흉악한 음모에

영원히 씻을 수 없는 수치를 안고서

그 백분의 일도 아직 씻어 버리지 못했거든,

우리 조선의 문물이 중국의 문화적 전성기인 송나라와 당나라와 비교하여도 전혀 떨어지지 않는데 해적 같은 왜놈들의 흉악한 음모 때문에 영원히 씻을 수 없는 원한이 생겼습니다. 왜란 중에 거북선과 이순신 장군의 수군이 왜적을 무찔렀지만 화자는 그 원한의 백분의 일도 못 씻어 버렸다고 생각합니다.

이 몸이 변변치 못하다 해도 신하된 몸으로서,
신하와 임금의 신분이 서로 다르기에
모시지 못하고 늙었다 한들,
나라를 걱정하는 충성스러운 마음이야
어느 시각인들 잊었을 것인가?


박인로는 임금님이 왜적의 침입으로 몽진*을 갔을 때 모시지 못했습니다. 자신은 수군으로 전투에 참가해야 하는 신분이지만 나라를 걱정하는 충성심을 한순간도 잊지 않고 있습니다.

---

\* 임금이 난리를 피하여 안전한 곳으로 떠남.

분한 마음이 북받쳐 씩씩한 기운은
늙을수록 기운은 더욱 좋다마는,
보잘것없는 이 몸이 병중에 들었으니,
분함을 씻고 원한을 풀어 버리기가 어려울 듯하건만,

화자는 나이 들었지만 당장에라도 왜적을 만나 뼈에 사무친 분노
와 원한을 풀 수 있을 만큼 힘이 넘칩니다. 하지만 오랜 시간 전쟁
을 겪은 몸이라 병이 들고 말았습니다. 몸이 마음 같지 않으니 왜
적에 대한 한을 풀지 못할까 걱정이 됩니다.

그러나 죽은 제갈공명이 산 사마의를 멀리 쫓았고,
발이 없는 손빈이 방연을 잡았는데,

그러나 중국의 삼국 시대 때 제갈공명은 죽은 몸으로도 전투에서
사마의를 이긴 적이 있고 방연의 계략에 빠져 두 발을 잘라 낸 손
빈도 원수인 방연을 잡은 적이 있습니다.

하물며 이 몸은 손과 발이 온전하고 목숨이 살아 있으니
쥐나 개와 같은 왜적을 조금이나마 두려워하겠는가?
나는 듯이 빠른 배로 달려들어 적의 선봉에 휘몰아치면
구시월 서릿바람에 떨어지는 낙엽처럼 헤치리라.
칠종칠금을 우리라고 못 할 것인가?

화자는 자신이 병들어 약해진 몸이지만 제갈공명과 손빈에 비하
면 자신은 살아 있고 손과 발이 다 있으니 왜적을 조금도 두려워할
이유가 없다고 생각합니다. 약해진 자신의 신체를 극복하고 강인
한 의지로 왜적에 맞서려는 노익장입니다. 또한 조선의 배는 왜적
의 배보다 빠르고 튼튼하니 단숨에 달려들어 왜적의 배를 부숴 버
릴 것이고, 제갈공명이 맹획을 일곱 번 잡았다가 일곱 번 놓아주었
다는 이야기처럼 왜적을 우리 수군의 손안에 가지고 놀 수 있을 것
입니다.

꾸물거리는 저 섬나라 오랑캐들아, 빨리 항복하자꾸나.
항복한 자는 죽이지 않는 법이니,
너희들을 구태여 모두 죽이겠느냐?
우리 임금님의 성스러운 덕이
너희와 더불어 살아가고자 하시느니라.

화자는 왜적에게 항복을 권유하는 글을 적으면서 왜적 따위는 아무것도 아니라는 자신감을 전합니다. 또한 왜적으로 인해 수치를 당한 임금의 덕을 칭송함으로써 임금의 체면도 살리고 있습니다.

태평스러운 천하에 요순 시대와 같은
화평한 백성이 되어 해와 달 같은 임금님의 성덕이
매일 아침마다 밝게 비치니,
전쟁하는 배를 타던 우리들도
고기잡이배에서 저녁 무렵에 노래하고
가을 달 봄바람에 베개를 높이 베고 누워서
성군 치하의 바다에 파도가 일어나지 않음을
다시 보려 하노라.

마지막 구절에선 화자의 소망이 나타납니다. 화자는 평화로운 시절이 얼른 와서 전투하던 배가 아닌 고기잡이배를 타고 싶습니다. 저녁에는 배 위에서 노래하고 가을 달이 밝은 날과 봄바람이 따스하게 불어오는 날이면 베개를 베고 누워 한가하고 평화롭게 낮잠이라도 자고 싶습니다. 용맹하고 충성스럽지만 전쟁에 지친 박인로는 좋은 임금 밑에서 바다에 또다시 전쟁의 파도가 일어나지 않기를 소망합니다.

# 선상탄(船上歎)

박인로

늘고 병(病)든 몸을 주사(舟師)로 보내실식, 을사(乙巳) 삼하(三夏)애 진동영(鎭東營) 노려오니, 관방중지(關防重地)예 병(病)이 깁다 안자실랴. 일장검(一長劍) 비기 추고 병선(兵船)에 구테 올나, 여기진목(勵氣瞋目)ᄒᆞ야 대마도(對馬島)을 구어보니, ᄇᆞ람 조친 황운(黃雲)은 원근(遠近)에 사혀 잇고, 아득ᄒᆞᆫ 창파(滄波)ᄂᆞᆫ 긴 하늘과 ᄒᆞᆫ빗칠쇠.

선상(船上)에 배회(徘徊)ᄒᆞ며 고금(古今)을 사억(思憶)ᄒᆞ고, 어리미친 회포(懷抱)애 헌원씨(軒轅氏)를 애ᄃᆞ노라. 대양(大洋)이 망망(茫茫)ᄒᆞ야 천지(天地)예 둘려시니, 진실로 ᄇᆡ 아니면 풍파 만리(風波萬里) 밧긔, 어니 사이(四夷) 엿볼넌고. 무ᄉᆞᆷ 일 ᄒᆞ려 ᄒᆞ야 ᄇᆡ 못기를 비롯ᄒᆞᆫ고. 만세천추(萬世千秋)에 ᄀᆞ업슨 큰 폐(弊) 되야, 보천지하(普天地下)애 만민원(萬民怨) 길우ᄂᆞ다.

어즈버 ᄭᆡᄃᆞ라니 진시황(秦始皇)의 타시로다. ᄇᆡ 비록 잇다 ᄒᆞ나 왜(倭)를 아니 삼기던들, 일본(日本) 대마도(對馬島)로 뷘 ᄇᆡ 졀로 나올넌가. 뉘 말을 미더 듯고 동남동녀(童男童女)를 그딕도록 드려다가, 해중(海中) 모든 셤에 난당적(難當賊)을 기쳐 두고, 통분

(痛憤)혼 수욕(羞辱)이 화하(華夏)애 다 밋나다. 장생(長生) 불사약(不死藥)을 얼믜나 어더 닉여, 만리장성(萬里長城) 놉히 사고 몇 만년(萬年)을 사도쩐고. 놉듸로 죽어 가니 유익(有益)혼 줄 모르로다. 어즈버 싱각ᄒ니 서불(徐市) 등(等)이 이심(已甚)ᄒ다. 인신(人臣)이 되야셔 망명(亡命)도 ᄒᄂ 것가. 신선(神仙)을 못 보거든 수이나 도라오면, 주사(舟師)이 시럼은 전혀 업게 삼길럿다.

두어라, 기왕불구(旣往不咎)라 일너 무엇ᄒ로소니. 속절업손 시비(是非)를 후리쳐 더뎌 두쟈. 잠사각오(潛思覺悟)ᄒ니 내 뜻도 고집(固執)고야. 황제 작주거(黃帝作舟車)ᄂ 왼 줄도 모르로다. 장한(張翰) 강동(江東)애 추풍(秋風)을 만나신들, 편주(扁舟) 곳 아니 타면 천청해활(天淸海濶)ᄒ다. 어늬 흥(興)이 결로 나며, 삼공(三公)도 아니 밧골 제일강산(第一江山)애, 부평(浮萍) ᄀᆞᄐᆞᆫ 어부생애(漁父生涯)을, 일엽주(一葉舟) 아니면, 어듸 부쳐 ᄃᆞ힐는고.

일언 닐 보건듼 비 삼긴 제도(制度)야, 지묘(至妙)혼 덧ᄒ다마ᄂᆞ, 엇디혼 우리 물은, 느ᄂ 듯혼 판옥선(板屋船)을 주야(晝夜)의 빗기 ᄐᆞ고, 임풍영월(臨風咏月)호듸 흥(興)이 전혀 업ᄂ게오. 석일(昔日) 주중(舟中)에ᄂ 배반(杯盤)이 낭자(狼藉)터니, 금일(今日) 주중(舟中)에ᄂ 대검장창(大劍長鎗)쑨이로다. 혼 가지 비언마ᄂ 가진 비 다라니, 기간(其間) 우락(憂樂)이 서로 ᄀᆞᆺ지 못ᄒ도다.

시시(時時)로 멀이 드러 북진(北辰)을 브라보며, 상시(傷時) 노루(老淚)를 천일방(天一方)의 디이ᄂ다. 오동방(吾東方) 문물(文物)이 한당송(漢唐宋)애 디랴마ᄂ, 국운(國運)이 불행(不幸)ᄒ야 해추(海醜) 흉모(兇謀)애, 만고수(萬古羞)를 안고 이셔, 백분(百分)에 ᄒ가지도 못 시셔 브려거든, 이 몸이 무상(無狀)흔들 신자(臣子)ㅣ 되야 이셔다가, 궁달(窮達)이 길이 달라 몬 뫼읍고 늘거신들, 우국단심(憂國丹心)이야 어닉 각(刻)애 이즐넌고.

강개(慷慨) 계운 장기(壯氣)ᄂ 노당익장(老當益壯) ᄒ다마ᄂ, 됴고마ᄂ 이 몸이 병중(病中)애 드러시니, 설분 신원(雪憤伸寃)이 어려올 듯ᄒ건마ᄂ, 그러나 사제갈(死諸葛)도 생중달(生中達)을 멀리 좃고, 발 업슨 손빈(孫臏)도 방연(龐涓)을 잡아거든, ᄒ물며 이 몸은 수족(手足)이 ᄀ자 잇고 명맥(命脈)이 이어시니, 서절구투(鼠竊拘偸)을 저그나 저흘소냐. 비선(飛船)에 둘려드러 선봉(先鋒)을 거치면, 구시월(九十月) 상풍(霜風)에 낙엽(落葉)가치 헤치리라. 칠종칠금(七縱七擒)을 우린들 못 홀 것가.

준피 도이(蠢彼島夷)들아 수이 걸항(乞降) ᄒ야스라. 항자 불살(降者不殺)이니 너를구틱 섬멸(殲滅ᄒ)랴. 오왕(吾王) 성덕(聖德)이 욕병생(欲並生) ᄒ시니라. 태평천하(太平天下)애 요순(堯舜) 군민(君

民) 되야 이셔, 일월광화(日月光華)는 조부조(朝復朝) ᄒ얏거든, 전선(戰船) ᄐ던 우리 몸도 어주(漁舟)에 창만(唱晩)ᄒ고, 추월춘풍(秋月春風)에 놉히 베고 누어 이셔, 성대(聖代) 해불양파(海不揚波)를 다시 보려 ᄒ노라.

## 핵심 정리

- 형식: 양반 가사, 전쟁 가사
- 연대: 조선 선조 38년(1605년)
- 출전: 설의법, 의인법, 대구법, 인용법
- 성격: 『노계집』
- 주제: 평화로운 시대를 염원하는 우국단심
- 의의: 전쟁을 겪은 후의 감상에서 멈추지 않고 무관의 기개와 민족의 기상을 노래함

# 누항사

## 가난한 양반의 노래

박인로

'누항사'에서 누항이란 가난한 마을 혹은 가난한 살림을 의미합니다. 원래는 공자가 그의 제자들에게 한 말로, 가난한 가운데에서도 도道와 낙樂을 잃지 않는다는 의미로 쓰였습니다.

박인로 또한 임진왜란 이후 자연에 묻혀 살며 도락道樂을 즐기려 했습니다. 하지만 실제 농사를 지으며 살려고 하니 예상치 못한 현실적인 문제들이 박인로의 앞에 나타나게 되었습니다. 결국 박인로의 자연 생활은 사대부로서의 긍지와 농민의 궁핍한 삶 가운데 인간적인 고뇌로 가득 차게 되었습니다.

그러나 타고난 시인이자 전쟁터에서 목숨을 걸고 싸우던 무인이었던 박인로는 이 작품에서 자신의 처지를 절망하거나 원망하지 않고 자신의 능력 밖의 일은 욕심내지 않으며 평생을 공부한 유교적 덕목에 충실한 자세로 살겠다는 다짐을 합니다. '누항사'에 나타나는 고뇌의 자세는 임진왜란 이후 변화된 사대부의 사회적 위치와 당시 사람들의 각박해진 인심을 반영하는 것입니다.

'누항사'에는 조선 초에 많이 창작되었던 강호한정가에서 나타나는 여유나 서정적인 성격은 거의 나타나지 않습니다. 그 대신 어려운 현실을 구체적인 어휘로 그려 냄으로써 당시 몰락한 사대부의 생활을 생생하게 보여 줍니다.

박인로는 어려서부터 시 짓기에 뛰어난 재능을 발휘했으나 32세
인 1592년(선조 25년) 임진왜란이 일어나자 붓을 놓고 의병 활동에
전념하였습니다. 두 번의 왜란 중에 수군으로 활동하여 많은 공을
세웠으며, 후에 무과에 급제하여 무관으로의 삶을 살아가면서도
항상 붓을 놓지 않았다고 전해집니다.

40세 이후에는 무관이 아닌 은거 선비로서의 삶을 살았습니다. 시
를 짓는 것은 물론 성현들의 경전 연구에 힘썼고, 한음 이덕형 등
과 교류하며 문인으로서의 삶을 지켜 나갔습니다. 그는 세상을 떠
날 때까지 안빈낙도하는 삶을 살았으며 시조도 많이 지었으나 문
학사에는 가사로 많이 알려졌습니다. 타고난 시인이었던 그는 전
쟁 중에도 전투가 끝난 밤이면 선실에 앉아 군복을 벗어 옆에 놓고
시를 썼다고 합니다.

'누항사'에는 이전에 나온 '상춘곡'이나 '면앙정가' 등의 작품에서
보이듯 자연을 즐기는 풍류의 여유로움이나 즐거움이 거의 나타
나지 않습니다. 양반임에도 불구하고 가난한 생활 때문에 겪는 괴
로움이 현실적으로 표현되어 가사 갈래의 새로운 주제와 방향을
제시했다는 평가를 받는 작품입니다.

어리석고 세상 물정에 어둡기는

이 내 몸보다 더한 이가 없도다.

길흉화복을 하늘에 맡겨 두고

누추하고 깊은 곳에다 초가집을 지어 놓고

바람 부는 아침과 비 내리는 저녁에 썩은 짚이 땔감이 되어

세 홉 밥과 다섯 홉 죽을 끓이는데 연기가 많기도 많구나.

덜 데운 숭늉으로 빈 배를 속일 뿐이로다.

내 생활이 이러하다 하여 대장부의 뜻을 바꿀 수 있겠는가?

가난함을 편안히 생각하는 마음을 적게나마 품고 있어

옳은 뜻대로 살고자 하니 날이 갈수록 모든 일이 어긋난다.

가을철에도 부족한데 봄이라고 여유가 있겠으며,

주머니가 비었는데 술병인들 담겨 있으랴?

빈곤한 사람이 이 세상에 나뿐이로구나.

가난한 골목이란 뜻의 '누항陋巷'이란 말은 이 시에서 가난한 살림
살이라는 뜻으로 쓰입니다. 은퇴 후에 농사를 지으려던 박인로는
미처 예상하지 못한 곤란함을 겪습니다. 이 정도의 가난을 겪는 이
가 세상에 자신뿐인 것 같아 괴롭습니다.

340
/
341

배고픔과 추위가 몸에 절실하여 괴롭힌다 한들
일편단심을 잊을 것인가?
외로움에 일어나 내 몸의 안위를 잊고
나라를 위해서 죽고 말겠다는 마음을 먹어,
전대와 망태에 한 줌 한 줌 식량을 모아 넣고,
오 년간의 전쟁 중에
죽을 때까지 싸우겠다는 마음을 가지고,
주검을 밟고 피의 냇물을 건너
몇 백 전을 치러냈더란 말인가?


화자는 지난 임진왜란 당시 나라를 위한 일편단심으로 죽을 만큼
고생했던 기억을 떠올리며 현재의 배고픔과 추위를 이겨 내려 합
니다. 지금의 배고픔과 추위는 왜란 중에 목숨을 걸었던 것에 비하
면 견딜 만합니다.

이 내 몸이 겨를이 있어서 집안을 돌보겠는가?
수염 많은 늙은 종은
하인과 주인의 분수를 잊어버렸으니,
누가 나에게 봄이 왔으니
농사 준비를 하라고 일러 줄 것인가.
밭 가는 일은 마땅히 종에게 물어야 한다지만
나는 누구에게 물을 것인가?
몸소 농사를 짓는 것이 내 분수에 맞는 줄을 알겠노라.

초봄이 와서 농사를 지으려면 땅을 갈아야 합니다. 그런데 농사일을 도울 늙은 종이 도망을 갔습니다. 당시 밭을 가는 일은 종이 했지만 종이 도망가고 없으니, 양반인 자신이 스스로 할 수밖에 없습니다. 화자는 어쩔 수 없는 현실을 원망하기보다는 안 되는 일은 포기하고 주어진 상황에 맞춰 사는 것이 현명하다고 생각합니다.

들에서 밭 갈던 은나라의 이윤과
진나라의 진승을 천하다고 할 사람이 없지마는
아무리 몸소 논밭을 갈려고 한들 어느 소로 갈겠는가.
가뭄이 몹시 심하여 농사철이 다 늦은 때에
서쪽 두둑 높은 논에 잠깐 갠 지나가는 비로 인해
길 위에 흐르는 물을 반쯤 대어 놓고는,


화자는 중국 은나라의 이윤과 진나라의 진승이 농사를 지은 것과
같이 양반인 자신이 밭 가는 것을 창피해하지 않지만 봄 가뭄이 심
해 밭을 갈지 못해서 농사철이 다 지나가고 있습니다. 마침 잠깐
동안이나마 비가 내려 밭을 갈려고 했지만 가난한 화자는 소가 없
어 밭을 갈기 어렵습니다.

소 한번 빌려주마 하고 빈말로 한 말을 듣고
친절하다고 여긴 집에 달이 없는 저녁에
허우적허우적 달려가서,
굳게 닫은 문밖에 우두커니 혼자 서서,
"에헴" 하는 인기척을 꽤 오래도록 한 후에,
"어, 거기 누구신가?" 묻기에
"염치없는 저올시다."


이전에 이웃에 있는 소 주인이 "소를 한번 빌려주마"라고 한 빈말
을 기억한 화자는 '참 친절한 사람이로구나'라고 생각하고 달도
없는 저녁에 소 주인에게 부탁하려고 찾아갑니다. 화자는 아쉬운
마음에 양반 체면도 잊고 최대한 공손하게 소 주인을 불러 봅니다.

"초경\*도 거의 지났는데 무슨 일로 와 계신고?"

"해마다 이러하기가 구차한 줄 알지마는,

소 없는 가난한 집에서 걱정이 많아 왔소이다."

"공짜로나 값을 치르거나 간에 주었으면 좋겠지마는,

다만 어젯밤에 건넛집에 사는 사람이 목이 붉은 수꿩을

구슬 같은 기름이 부글부글 끓게 구워 내고,

갓 익은 좋은 술을 취하도록 권하였는데,

이러한 은혜를 어떻게 갚지 않을 수가 있겠는가?

내일 소를 빌려주마 하고 굳게 약속을 하였기에,

약속을 어기기가 편하지 못하니 말씀드리기가 어렵구료."

그러나 이미 다른 이웃이 술과 꿩고기를 기름에 맛있게 튀겨 소 주인을 대접하며 소를 빌려 달라고 하여 화자에게는 소를 빌려 주기 힘들겠다고 말합니다. 이 부분은 일상적인 대화를 사실적으로 표현합니다. 정철의 '속미인곡'에도 대화체가 사용되어 선녀와의 비현실적인 대화를 꾸며내었지만 '누항사'는 당시 사람들의 대화를 그대로 담았습니다. 사실적인 대화를 통해 후대 사람들은 당시의 생활상을 추측할 수 있습니다.

* 하룻밤을 오경(五更)으로 나눈 첫째 부분. 저녁 7시에서 9시 사이이다.

정말로 그렇다면 설마 어쩌하겠는가.
헌 모자를 숙여 쓰고 축 없는 짚신을 신고
맥없이 물러나오니,
초라한 내 모습에 개가 짖을 뿐이로다.


소를 빌리지 못해 힘이 빠진 화자가 어두워진 길을 걸어 집으로 돌아가는 길에 등 뒤로 이웃집 개가 짖고 있습니다. 안 그래도 초라해진 화자를 이웃집의 개가 더 볼품없게 만들고 있습니다.

달팽이 집같이 작고 누추한 집에 들어간들
잠이 와서 눕겠는가?
북쪽 창문에 기대앉아 새벽을 기다리니,
무정한 오디새는 나의 한을 돕는구나.


주인의 모습같이 초라한 집에 돌아와 누웠지만 이루지 못한 농사
와 자신의 초라한 신세를 생각하니 잠이 오질 않습니다. 벽에 기대
어 북쪽으로 난 창을 바라보며 새벽까지 잠을 이루지 못하는데 자
신의 마음을 모르는 오디새의 울음소리가 화자의 마음을 더 착잡
하게 합니다.

아침이 끝날 때까지 슬퍼하며 먼 들을 바라보니,

즐기는 농부들의 노래도 흥 없게 들리는구나.

세상 물정을 모르는 한숨은 그칠 줄을 모른다.

아까운 저 쟁기는 날이 잘 서 있는 모습이 보기 좋구나.

가시가 엉킨 묵은 밭도 쉽게 갈 수 있으련마는,

빈집 벽 한가운데 쓸데없이 걸려 있구나!

봄갈이*도 거의 다 지났구나. 팽개쳐 던져두자.


결국 화자는 밤새도록 잠을 이루지 못했습니다. 새벽이 되어 멀리 논에 농부들이 나와 일을 하며 부르는 노래를 들어도 흥이 나질 않습니다. 세상 물정에 어두운 화자는 한숨이 그치질 않습니다. 힘없이 방문 앞의 쪽마루에 나와 벽에 걸린 쟁기를 바라봅니다. 쟁기는 손질이 잘되어 있어서 깨끗하고 날이 잘 서 있습니다.

그러나 소를 빌리지 못했으니 모두 허사가 되었습니다. 밭갈이할 때를 놓쳤으니 날을 잘 갈아 놓은 쟁기도 쓸데가 없어진 것이지요. 화자는 자신의 가난에서 오는 무능력함에 스스로에게 화가 난 듯 올해 농사를 포기해 버립니다.

---

\* 봄철에 논밭을 가는 일.

자연을 벗 삼아 살겠다는 한 꿈을 꾼 지도 오래더니,
먹고사는 것이 방해가 되어,
아, 잊었도다.


자연에 묻혀 풍류를 즐기며 살려는 꿈을 가졌지만, 실제 시골에 와
서 농사를 지으며 살다 보니 자신이 꿈꿨던 풍류는 가난한 생활로
인해 잊은 지 오래입니다. 이상과 현실이 조화가 되지 않았던 것입
니다. 도시 생활에 지친 도시인들이 귀농하여 전원생활을 꿈꾸지
만 현실적인 문제에 부딪혀 힘들어하는 것과 비슷한 상황입니다.

저 강을 바라보니 푸른 대나무가 많기도 많구나.

교양 있는 선비들아, 낚싯대 하나 빌려다오.

갈대꽃 깊은 곳에서 밝은 달과 맑은 바람의 벗이 되어,

임자가 없는 자연 속에서 근심 없이 저절로 늙으리라.

무심한 갈매기가 나더러 오라고 할 것이며

가라고 할 것인가?

다툴 이가 없는 것은 다만 이것뿐인가 생각하노라.

화자는 봄 농사를 본의 아니게 포기하게 되자 가난한 살림 때문에
잊고 있었던 자신의 이상을 생각합니다. 갈대가 우거진 곳에 낚싯
대 하나 드리우고 밝은 달과 맑은 바람을 벗으로 삼아 욕심 없이
늙어 가고 싶어 합니다. 인간 세상의 다툼에 지친 한 가난한 선비
의 소박한 소망입니다.

보잘것없는 이 몸이

무슨 갸륵한 뜻이나 취향이 있으랴마는,

두어 이랑의 밭과 논을 다 묵혀 던져두고,

있으면 먹고 없으면 굶을 망정

남의 집 남의 것은 전혀 부러워하지 않겠노라.


화자는 아무리 가난한 생활이라도 남의 것을 부러워하지 않고 자신의 가난 또한 운명이라 생각하기로 마음먹습니다. 가난하지만 자신의 생활에 만족하는 안분지족의 삶을 추구하고 있는 것입니다. 삶의 의미는 배부른 상태에서가 아니라 충忠과 효孝에서 찾을 수 있습니다. 화자는 형제와 화목하고 친구와 신의 있게 사는 삶에 만족하고 주어진 대로 살겠다고 다짐합니다.

내 가난과 천함을 싫게 여겨

손을 내젓는다고 물러가겠으며,

남의 부귀를 부럽게 여겨 손짓을 한다고 나아오겠는가?

인간의 어느 일이 운명과 상관없이 생겼으랴?

가난해도 원망하지 않는 것이 어렵다고 하건마는,

내 생활이 이렇다 해서 서러운 뜻은 없노라.

가난한 생활이지만 이것도 만족스럽게 여기고 있노라.

평생의 한 뜻이 따뜻하게 입고 배불리 먹는 데에는 없노라.

태평스러운 세상에 충성과 효도를 일삼아,

형제간에 화목하고 친구와 신의 있게 사귀는 것을

그르다고 할 사람이 누가 있겠는가?

그 밖의 나머지 일이야 타고난 대로 살겠노라.


마지막 부분은 '누항사'의 결론이자 작가의 다짐이기도 합니다. 특히 '내 가난과 천함을 싫게 여겨 손을 내젓는다고 물러가겠으며, 남의 부귀를 부럽게 여겨 손짓을 한다고 나아오겠는가?'라며 자신의 힘으로 어쩔 수 없는 운명에 대한 순응을 생동감 있게 표현한 구절은 박인로의 철학을 말해 주고 있습니다.

# 누항사(陋巷詞)

박인로

어리고 우활(迂闊)홀산 이 닉 우히 더니 업다. 길흉화복(吉凶禍福)을 하날긔 부쳐 두고, 누항(陋巷) 깁푼 곳의 초막(草幕)을 지어 두고, 풍조우석(風朝雨夕)에 석은 딥히 섭히 되야, 셔 홉 밥 닷 홉 죽에 연기도 하도 할샤. 설 데인 숙냉(熟冷)애 뷘 배 쇡일 쑨이로다. 생애 이러ᄒᆞ다 장부 ᄠᅳᆺ을 옴길넌가. 안빈지념(安貧一念)을 젹을망졍 품고 이셔, 수의(隨宜)로 살려 ᄒᆞ니 날로 조차 저어(齟齬)ᄒᆞ다.

ᄀᆞ울히 부족거든 봄이라 유여(有餘)ᄒᆞ며, 주머니 뷔엿거든 병의라 담겨시랴. 빈곤ᄒᆞᆫ 인생이 천지간의 나쑨이라. 기한(飢寒)이 절신(切身)ᄒᆞ다 일편심(一丹心)을 이질ᄂᆞᆫ가. 분의망신(奮義忘身)ᄒᆞ야 죽어야 말녀 너겨, 우탁우랑(于橐于囊)의 줌줌이 모아 녀코, 병과오재(兵戈五載)예 감사심(敢死心)을 가져 이셔, 이시섭혈(履尸涉血)ᄒᆞ야 몃 백전(百戰)을 지닉연고.

일신이 여가(餘暇) 잇사 일가(一家)를 도라보랴. 일노장수(一奴長鬚)는 노주분(奴主分)을 이졋거든, 고여춘급(告余春及)을 어닉 사이 싱각ᄒᆞ리. 경당문노(耕當問奴)인들 눌ᄃᆞ려 물룰ᄂᆞᆫ고. 궁경가색(躬耕稼穡)이 닉 분인 줄 알리로다.

신야경수(莘野耕叟)와 농상경옹(瓏上耕翁)을 천(賤)타ᄒᆞ리 업것마
ᄂᆞᆫ, 아므려 갈고젼들 어늬 쇼로 갈로손고. 한기태심(旱旣太甚)ᄒᆞ
야 시졀(時節)이 다 느즌 졔, 서주(西疇) 놉흔 논애 잠ᄭᅡᆫ 긴 녈비예,
도상무원수(道上無源水)를 반만ᄭᅡᆫ 듸혀 두고,

쇼 흔 젹 듀마 ᄒᆞ고 엄섬이 ᄒᆞᄂᆞᆫ 말삼, 친졀(親切)호라 너긴 집의
돌 업슨 황혼(黃昏)의 허위허위 다라가셔 구디 다든 문(門) 밧긔
어득히 혼자 셔셔, 큰 기춤 아함이를 양구(良久)토록 ᄒᆞ온 후(後)
에, 어와 긔 뉘신고 염치(廉恥) 업산 늬옵노라.

초경(初更)도 거읜ᄃᆡ 긔 엇지 와 겨신고. 연년(年年)에 이러ᄒᆞ기
구차(苟且)흔 줄 알건마ᄂᆞᆫ, 쇼 없순 궁가(窮家)애 혜염 만하 왓삽
노라. 공ᄒᆞ나 갑시나 주엄즉도 ᄒᆞ다마ᄂᆞᆫ, 다만 어제 밤의 거넨
집 져 사름이 목 불근 수기 치(雉)를 옥지읍(玉脂泣)게 ᄭᅮ어 늬고
간 이근 삼해주(三亥酒)를 취(醉)토록 권(勸)ᄒᆞ거든, 이러한 은혜
(恩惠)를 어이 아니 갑흘넌고. 내일(來日) 주마 ᄒᆞ고 큰 언약(言約)
ᄒᆞ야거든, 실약(失約)이 미편(未便)ᄒᆞ니 사셜이 어려왜라.

실위(實爲) 그러ᄒᆞ면 혈마 어이홀고. 헌 먼덕 수기 스고 측 업슨
집신에 설피설피 물너 오니, 풍채(風彩) 져근 형용(形容)애 기 즈
칠 ᄲᅮᆫ이로다.

와실(蝸室)에 드러간들 잠이 와사 누어시랴. 북창(北窓)을 비겨 안
자 시비롤 기다리니, 무정(無情)흔 대승(戴勝)은 이 닉 한(恨)을 도
우느다.

종조추창(終朝惆悵)ᄒ며 먼 들흘 바라보니, 즐기는 농가(農歌)도
흥(興) 업서 들리느다. 세정(世情) 모른 한숨은 그칠 줄을 모르느
다. 아ᄉ!온 져 소뷔는 벗보님도 됴홀셰고. 가시 엉권 묵은 밧도 용
이(容易)케 갈련마는, 허당반벽(虛堂半壁)에 슬듸업시 걸려고야.
춘경(春耕)도 거의거다 후리쳐 더뎌 두쟈.

강호(江湖) 흔 ᄭᅮᆷ을 ᄭᅮ어지도 오릭러니, 구복(口腹)이 위루(爲累)
ᄒ야 어지버 이져쎠다. 첨피기욱(瞻彼淇澳)혼듸 녹죽(綠竹)도 하
도 할샤. 유비군자(有斐君子)들아 낙듸 ᄒ나 빌려ᄉ라. 노화(蘆花)
깁픈 곳에 명월청풍(明月淸風) 벗이 되야, 님지 업슨 풍월강산(風
月江山)에 절로절로 늘그리라. 무심(無心)흔 백구(白鷗)야 오라 ᄒ
며 말라 ᄒ랴. 다토리 업슬슨 다문 인가 너기로라.

무상(無狀)흔 이 몸에 무슨 지취(志趣) 이스리마는, 두세 이렁 밧
논을 다 무겨 더뎌 두고, 이시면 죽(粥)이오 업시면 굴물망졍, 남
의 집 남의 거슨 전혀 부러 말렷노라. 닉 빈천(貧賤) 슬히 너겨 손
을 헤다 물러가며, 남의 부귀(富貴) 불리 너겨 손을 치다 나아오

랴. 인간(人間) 어늬 일이 명(命) 밧긔 삼겨시리. 빈이무원(貧而無
怨)을 어렵다 ᄒ건마ᄂᆞᆫ, ᄂᆡ 생애(生涯) 이러호ᄃᆡ 셜온 ᄯᅳᆺ은 업노왜
라.

단사표음(簞食瓢飮)을 이도 족(足)이 너기로라. 평생(平生) ᄒᆞᆫ ᄯᅳᆺ
이 온포(溫飽)애ᄂᆞᆫ 업노왜라. 태평천하(太平天下)애 충효(忠孝)를
일을 삼아, 화형제(和兄弟) 신붕우(信朋友) 외다 ᄒᆞ리 뉘 이시리.
그 밧긔 남은 일이야 삼긴 ᄃᆡ로 살렷노라.

 **핵심 정리**

- 형식: 양반 가사, 은일 가사
- 연대: 조선 광해군 3년(1611년)
- 출전: 『노계집』
- 성격: 사색적, 전원적, 일상에 대한 사실적이고 구체적인 묘사
- 주제: 빈이무원(貧而無怨)을 추구하는 사대부의 삶과 현실간의 괴리
- 의의: 양반 가사의 한계를 허물고 조선 후기 가사의 새로운 방향
       을 제시함

이토록 친절한 문학 교과서 작품 읽기 : 한시·가사 편

초판 1쇄 인쇄 2018년 6월 25일
초판 5쇄 발행 2022년 2월 4일

지은이 하태준
펴낸이 김선식

경영총괄 김은영
콘텐츠개발3팀장 이승환 콘텐츠개발3팀 심아경, 김은하, 김한솔, 김정택
마케팅본부장 권장규 마케팅1팀 최혜령, 오서영
미디어홍보본부장 정명찬 홍보팀 안지혜, 김민정, 오수미, 김은지, 이소영, 박재연
뉴미디어팀 허지호, 임유나, 배한진, 홍수경, 박지수, 송희진
저작권팀 한승빈, 김재원 편집관리팀 조세현, 백설희
경영관리본부 하미선, 윤이경, 김재경, 오지영, 박상민, 김소영, 이소희, 최완규, 이지우, 이우철, 김혜진
외부스태프 남성훈, 이선희(일러스트)

펴낸곳 다산북스 출판등록 2005년 12월 23일 제313-2005-00277호
주소 경기도 파주시 회동길 490 3층 전화 02-704-1724 팩스 02-703-2219
이메일 dasanbooks@dasanbooks.com 홈페이지 dasan.group 블로그 blog.naver.com/dasan_books
종이 한솔피앤에스 출력·인쇄 민언프린텍 후가공 평창 P&G 제본 정문바인텍

ISBN 979-11-306-1749-7 (44810)
        979-11-306-1747-3 (전3권)

다산북스(DASANBOOKS)는 독자 여러분의 책에 관한 아이디어와 원고 투고를 기쁜 마음으로 기다리고 있습니다.
책 출간을 원하는 아이디어가 있으신 분은 이메일 dasanbooks@dasanbooks.com 또는 다산북스 홈페이지
'투고 원고'란으로 간단한 개요와 취지, 연락처 등을 보내 주세요. 머뭇거리지 말고 문을 두드리세요.